外国文学
经典阅读丛书

美国文学经典

# 第五纵队

*diwu zongdui*

[美] 海明威 / 著

冯亦代 / 译

百花洲文艺出版社
BAIHUAZHOU LITERATURE AND ART PRESS

# 目 录

## 剧 本

## 小 说

# 哀在西班牙战死的美国人（代序）

今晚死者们冷冷地睡在西班牙。雪花吹过橄榄树丛，纷飞在树根间，堆积在立着小墓碑的土堆上（如果还有时间立墓碑的话）。在冷风里橄榄树是疏落的，因为下半截的枝条，曾被砍去掩护坦克了，而死者们冷冷地睡在耶拉玛河上的小山间。那个二月是寒冷的，他们就在那儿死去，自此以后，死者们便没有注意过季节的变换。

现在已是两个年头了，自从林肯纵队沿着耶拉山地固守了四个半月之后，到如今，美国的第一位死者早已成为西班牙土地的一部分了。

今晚死者们冷冷地睡在西班牙，他们整个冬季都会冷冷地长眠，因为土地和他们躺在一起。但是到了春天，雨水会使得土地再次温馨起来。风会从南方柔和地吹过群山。黑黑的树会复苏过来，带着碧绿的叶子，而沿着耶拉玛河的苹果树会开遍花朵。这个春天，死者们会感到这土地又开始活了过来。

因为我们的死者现在是西班牙土地的一部分，而西班牙的土地永不会死亡。每个冬天看起来它会是死了的，每个春天它会再活过来。我们的死者会永远和它一起活着。

只因为土地永不会死亡，那些从来就是自由的死者也不会再被奴役。在我们那些死者们躺着的土地上工作的农民们，明白这些死者为什么死。在战争里，他们有时间学习这些东西，且使他们长忆不忘。

我们的死者活在西班牙农民的、西班牙工人的、和那些信仰且为西班牙共和国斗争的最善良、朴实、诚恳的人们的心坎和脑海里。而我们的死者在西班牙的土地里睡一天，他们也会和土地长存，没有一种暴政会在西班牙流行。

法西斯蒂也许会蔓延全土，用从其他国家运来的一吨吨钢铁，冲开了道路。他们可以因为得到叛徒和屠头的帮助而推进。他们可以毁灭城市、农村，设法奴役人民。但是你却不能使任何一个人甘受奴役。

西班牙人民会再站起来，像他们以前反对暴政那样站起来。

死者们却不需要再站起来了。他们现在是土地的一部分，而土地是永远不会被征服的。因为土地会永远忍耐。

它会活得比一切暴政更为长久。

从来没有谁比那些死在西班牙的人更庄严地进入土地，那些庄严进入土地的人们，早已成为不朽的了。

# 剧本

juben

# 第五纵队

## 主要人物

**菲列普·劳林斯** 西班牙内战时期,共和政府保卫局的肃反工作人员,名义上则是美国某报驻马德里的战地记者。

**陶乐赛·勃里琪丝** 出身于美国贵族女学校的新闻记者,她抱着游戏人生的态度,到西班牙来采访战地新闻。

**麦克斯** 国际反法西斯的斗士,曾经在德国法西斯统治下受尽酷刑。他现在是西班牙共和政府军方面的间谍,出入于弗朗哥叛军的后方及前线。

**安托尼奥** 西班牙共和政府保卫局总部的领导人,麦克斯与菲列普的上级。

**安妮妲** 摩尔人,妓女,但是个西班牙共和国政府的拥护者。

**经　理** 马德里佛罗里达旅馆的经理。

**时间:** 1937年,西班牙内战期间。

**地点:** 西班牙首都马德里。

# 第一幕

## 景一

傍晚七点半。马德里佛罗里达旅馆一层楼的过道。在109室的门上钉着一张手写的大白纸条，上写"工作时间，请勿打扰"。两个女郎和两个穿国际纵队军服的兵士沿着过道走来。其中一个女郎停下来看纸条。

**兵士甲** 走吧。我们不能玩通宵。

**女　郎** 纸上说些什么？（另一对已经走向过道的另一头）

**兵　士** 纸上说什么关我们什么事？

**女　郎** 不，念给我听听。请你行行好吧。用英文念。

**兵　士** 原来我找到了这么一位，有学问的。活见鬼。我不给你念。

**女　郎** 你不体贴人。

**兵　士** 我是不会体贴人的。（闪过一旁，犹疑不定地瞧着她）我像个会体贴人的吗？你知道我刚从哪儿来？

**女　郎** 我才不管你从哪儿来哩。你们一伙都从那个可怕的地方来，你们也会回到那儿去。我只是要求你念一下这张纸上写的话。走吧，既然你不肯念。

**兵　士** 我念给你听："工作时间，请勿打扰。"

（女郎笑了起来，高声而粗犷的笑）

**女　郎** 我也要搞那么一张纸条。

（幕）

# 景二

　　幕启时即见景二。109室室内。一张床，旁有床头柜，两把椅子罩着花布椅披，一口带有镜子的大立柜，另一张桌上放着一具打字机。打字机旁有架轻便留声机。室内有一具取暖用的电炉，炉火正红，一位顾长的漂亮的金发女郎坐在一把椅上，留声机旁有只台灯，女郎正背着灯光在读书。她身后是两扇大窗，窗帘拉满。墙上有一幅马德里的地图，一个男人正站在面前看着。他约三十五岁，穿件皮夹克，一条灯芯绒裤子，一双满是泥迹的长靴。那位名叫陶乐赛·勃里琪丝的女郎，眼不离书，用很有教养的声调说话。

**陶乐赛**　亲爱的人，有一件事你真可以做做，在进屋之前，先把你的靴子擦擦干净。

　　（泼列斯顿继续看他的地图）

　　亲爱的人，你见到了菲列普吗?

**泼列斯顿**　菲列普，谁?

**陶乐赛**　我们的菲列普。

**泼列斯顿**　（还在看地图）我走过大道时，我们的菲列普跟那个咬过罗杰斯的摩尔人坐在却柯特酒店里。

**陶乐赛**　他闹了什么事吗?

**泼列斯顿**　（还在看地图）还不曾。

**陶乐赛**　他会闹的。他老是生气勃勃兴高采烈的。

**泼列斯顿**　却柯特的酒兴越来越差劲了。

**陶乐赛**　亲爱的人，你老是说这种没趣的笑话。我盼望菲列普会来这儿。我闷得慌,亲爱的人。

**泼列斯顿** 别做一个伐沙女校①活腻了的婊子。

**陶乐赛** 请不要给我起外号。眼前我还不认为自己够格儿。而且,我也不是标准的伐沙学生。我对那里教我的东西,什么也不懂。

**泼列斯顿** 你明白这儿发生的一切事情吗?

**陶乐赛** 不明白,亲爱的人。我只知道大学城那儿的一丁点儿,可也不太多。卡沙德尔坎坡对我说来完全是个谜。还有乌塞拉——还有卡拉朋契尔。这些地方太可怕了。

**泼列斯顿** 上帝,我有时奇怪自己为什么要爱你。

**陶乐赛** 我也奇怪自己为什么要爱你,亲爱的人。说真的,我认为这没有什么道理。只是我染上的一种坏习惯。菲列普有趣得多,也活跃得多。

**泼列斯顿** 好吧,他活跃得多。你知道昨晚上却柯特打烊之前他干了什么吗?他拿了个痰盂,到处给人祝福。你知道,拿痰盂里的水泼人。十之八九他会被人枪杀的。

**陶乐赛** 可是他从来没有这样干。我一直盼他来。

**泼列斯顿** 他会来的。只要却柯特一关门,他就会来的。

(敲门声)

**陶乐赛** 菲列普。亲爱的人,菲列普来啦。

(旅馆经理开门进来。他是个黑黝黝的矮胖子,收集邮票,讲一口古怪的英语)哦,是经理。

**经 理** 你好,很好吧,泼列斯顿先生?你好,过得去,小姐?我刚走过这儿来看看你们是不是有什么零七碎八吃不了的小东西。一切都好,每个人都完完全全称心吗?

----

① 伐沙女子学院,1865年创立于纽约州,创办人为一富酒商。

**陶乐赛**　如今电炉装上，一切都妙极了。

**经　理**　有了电炉经常会出现麻烦。电气是门科学，至今工人还没有掌握。而且电气工人把自己喝得越来越笨了。

**泼列斯顿**　他看来十分不聪明，这个电气工人。

**经　理**　是聪明人。可是喝酒。老是喝酒。很快就不再专心搞电气了。

**泼列斯顿**　那么你还留着他干什么？

**经　理**　电气工人是在委员会里的。坦白说，这像是场灾难。眼下正在113房间里跟菲列普先生喝酒。

**陶乐赛**　（快活地）那么菲列普在家了。

**经　理**　比在家更进一步。

**泼列斯顿**　你是什么意思？

**经　理**　在太太面前很难说出口。

**陶乐赛**　打个电话给他，亲爱的人。

**泼列斯顿**　我不打。

**陶乐赛**　那么我来打。（她拿起壁上电话的耳机）113号——哈罗，菲列普？不，请你来我们这儿。是的，好吧。（她把耳机挂上）他来了。

**经　理**　我大大拥护他不要来。

**泼列斯顿**　这样糟吗？

**经　理**　糟透了。是意想不到的。

**陶乐赛**　菲列普妙极了。虽然他的确也是跟那些可怕的人进进出出。他为什么要这样，我想不通。

**经　理**　我别的时候再来。也许或者如果你收到太多你吃不了的东西，那些老是缺少食物经常挨饿的家庭总是会欢迎的。谢谢你，下次再说吧。再见。（他走出房门，在过道里正遇到菲列普先生，差不多要撞在他身上。听见他在门外的声音）下午好，菲列普先生。

**菲列普**　（平静的声音）敬礼，集邮家同志。最近找到什么名贵的新邮票吗？

**经　理**　没有，菲列普先生。都是那些从十分死气沉沉的地方来的人。老是美国的五分和法国三法郎五十分的邮票，成了灾。需要一些从新西兰来的同志的航空信。

**菲列普**　哦，他们会来的。我们如今处在一个死气沉沉的时代里。炮击搅乱了旅游季节。炮击稀少下来，就会有许多代表团来的。（低沉的不是开玩笑的声调）你脑子里在想什么？

**经　理**　老是有那么一丁点儿什么事。

**菲列普**　不要担心。一切会安全的。

**经　理**　我还是一样有点儿担心。

**菲列普**　别着急。

**经　理**　你要小心，菲列普先生。

（菲列普走进门来，他身材魁梧，精神饱满，穿了双橡皮高筒靴）

**菲列普**　敬礼，杂种泼列斯顿同志。敬礼，腻烦的勃里琪丝同志。你们两位同志在干什么？让我给你们介绍一位电气工人同志。进来，马可尼同志。不要站在外面。

（一位十分瘦小喝得烂醉的电气工人，穿一条油腻的蓝工人裤，一双凉鞋，戴一顶蓝贝雷帽走进屋内）

**电气工人**　敬礼，同志们。

**陶乐赛**　好，是的。敬礼。

**菲列普**　这是位摩尔人同志。你可以说这是摩尔人同志。差不多是独一无二的摩尔人同志。她太害羞啦。进来吧，安妮姐。

（进来一位从苏塔来的摩尔妓女。她肤色黑黝，但身材苗条，头发细卷，一副野相，一点也不害羞）

**摩尔妓女** （自卫地）敬礼，同志们。

**菲列普** 这位就是那会儿咬维农·罗杰斯的同志。使他在床上躺了三个星期。狠狠地咬了一口。

**陶乐赛** 菲列普，亲爱的人，你不能当面给她戴狗套，你能吗？

**摩尔妓女** 我被污辱啦！

**菲列普** 这位摩尔同志在直布罗陀学的英语。可爱的地方，直布罗陀。有次我在那儿经历了最最不平凡的事情。

**泼列斯顿** 我们别听他的。

**菲列普** 你太灰溜溜了，泼列斯顿。你这副样子是不符合党的路线的。你知道，不该闷闷不乐。眼前，我们事实上已经进入了欢乐的时期。

**泼列斯顿** 我不会和你谈你不知道的事情。

**菲列普** 好吧，我看没有什么可以灰溜溜的。给这几位同志一些点心怎么样？

**摩尔妓女** （对陶乐赛）你这儿是个好地方。

**陶乐赛** 你喜欢这儿真 是太好了。

**摩尔妓女** 你怎么没有撤离？

**陶乐赛** 哦，我就是这样赖下来了。

**摩尔妓女** 你吃什么？

**陶乐赛** 不一定经常吃得好，不过我们从巴黎大使馆的邮包里带来些罐头食物。

**摩尔妓女** 你说什么，大使馆邮包？

**陶乐赛** 你知道，是些罐头食物。炖兔肉、鹅肝。我们真的有一些可口的焖子鸡。从部里搞来的。

**摩尔妓女** 你开我玩笑吗?

**陶乐赛** 哦,没有。当然没有。我的意思是我们吃这些食物。

**摩尔妓女** 我喝清水汤。(她警惕地看着陶乐赛)干什么?你不喜欢我的样儿?你以为你比我好看?

**陶乐赛** 当然不是这样。我也许难看得多。泼列斯顿会告诉你说,我难看得无法形容。但是我们用不着相互比较,对吗?我以为现在是战时,你知道我们全是为着同一目标在工作。

**摩尔妓女** 要是你这样想,我会把你的眼珠子挖出来。

**陶乐赛** (求助地,但极为无精打采)菲列普,请你和你的朋友谈谈,使他们快快活活。

**菲列普** 安妮姐,听我说。

**摩尔妓女** 好吧。

**菲列普** 安妮姐。陶乐赛在这儿是个可爱的女人——

**摩尔妓女** 这儿用不着可爱的女人。

**电气工人** (站起身来)同志们我要Voy。

**陶乐赛** 他说什么?

**泼列斯顿** 他说他要走了。

**菲列普** 不要信他。他老是这样说的。(对电气工人)同志,你必须留在这里。

**电气工人** 同志们, entonces Me quedan。

**陶乐赛** 什么?

**泼列斯顿** 他说留下不走。

**菲列普** 这样才像话,老朋友。你不会离开我们匆匆走掉,会吗,马可尼?不会。一位电气工人自始至终都是可靠的。

**泼列斯顿** 我只听说修鞋工人是最可靠的。

**陶乐赛** 亲爱的人,要是你想开这样的玩笑,我会离开你的。

我可以担保。

**摩尔妓女**　听着。老是说话。没时间玩儿别的了。我们在这儿
干什么?(对菲列普)你跟我一道? 跟还是不跟?

**菲列普**　你说得很露骨,安妮妲。

**摩尔妓女**　你回答我。

**菲列普**　好吧,安妮妲,那我只能说反面[①]的话。

**摩尔妓女**　你是什么意思? 是拍照的底片吗?

**泼列斯顿**　你真会联想。照相机,拍照,底片。妙极了,不是
吗? 她太原始简单了。

**摩尔妓女**　你提拍照是什么意思? 你以为我是间谍吗?

**菲列普**　不是,安妮妲,你得讲道理。我不过要说不再和你一
起了。不仅是眼前。我的意思是我们差不多是要分手啦,
不仅是现在。

**摩尔妓女**　为什么? 你不跟我一起了吗?

**菲列普**　不一起了,我的漂亮姑娘。

**摩尔妓女**　你跟她一起?(向陶乐赛点点头)

**菲列普**　那不一定。

**陶乐赛**　这需要讨论讨论。

**摩尔妓女**　好。我把她的眼睛挖出来。(她走向陶乐赛)

**电气工人**　同志们, tengo que trabajar。

**陶乐赛**　他说什么?

**泼列斯顿**　他说他一定要去工作了。

**菲列普**　哦,不用理睬他。他有这种特殊的想头。他有点儿一
门心思。

**电气工人**　同志们, soy un alfabético。

---

①在英语中Negative一字,既可作反面解,又可作底面解,这里海明威故意
用Negative一字来做文字游戏。

**泼列斯顿**　他说他不会读书也不会写字。

**菲列普**　同志，我以为，我以为，但是真的，你知道，要是我们全不上学，我们也就和你一样。不要介意，老朋友。

**摩尔妓女**　（对陶乐赛）好。我想，是的，好吧。来干一杯。干到底，对，对，好吧，好吧，全是一个意思。

**陶乐赛**　但是什么意思呢，安妮妲？

**摩尔妓女**　你把那张纸条拿下来。

**陶乐赛**　什么纸条？

**摩尔妓女**　门上的纸条。全是工作时间，这不公平。

**陶乐赛**　我从进大学起，就在门上贴这样一张纸条，但是毫无用处。

**摩尔妓女**　你会拿下来吗？

**菲列普**　当然她会拿下来的。你会拿下来吗，陶乐赛？

**陶乐赛**　我一定拿下来。

**泼列斯顿**　反正你从来不工作。

**陶乐赛**　不，亲爱的人。我可总想着工作，我要把给《世界都会》杂志的那篇文章写完，只要我稍稍多明白一些情况就成。

（窗外的街道上有爆炸声，接着是炮弹飞过来的声音，又是一声爆炸。你听到砖石钢筋掉下来，还有乒乒乓乓掉下来的碎玻璃）

**菲列普**　他们又在炮轰了。（他说得又平静又清醒）

**泼列斯顿**　这批狗杂种。（他恨恨地说，有点心慌意乱）

**菲列普**　你还是把窗户打开好，勃里琪丝，我的姑娘。如今玻璃很缺，而且冬天来了，你明白。

**摩尔妓女**　你把纸条拿下来了？（陶乐赛走到门边，把纸条取下，用修指甲刀把按钉取掉。她把纸条交给安妮妲）

**陶乐赛**　你留着吧。这儿还有按钉。（陶乐赛走去把电灯关掉。接着把两扇窗户全打开。窗外传来像拨弄大班卓琴弦的咣当声，一阵远处射来的有如高架铁道或地下铁道车辆驰过的声音。这是第三次大爆炸，这次接着一阵洒下来的碎玻璃）

**摩尔妓女**　你这个好同志。

**陶乐赛**　不，我不是的，但是我愿意做个好同志。

**摩尔妓女**　我看你很好。

　　（她们在房门开处有光亮透进来的走道里，肩并肩地站在一起）

**菲列普**　把窗户打开可以避免玻璃震碎。你可以听到炮弹射出炮口的声音。注意听下一炮。

**泼列斯顿**　我憎恨这些夜晚的该死的炮击。

**陶乐赛**　上一次炮击了多久？

**菲列普**　正好一小时。

**摩尔妓女**　陶乐赛，你觉得我们该进防空洞吗？

　　（又是一下班卓琴弦的咣当声——静了一下，接着炮弹飞过来的声音，这一次很近，爆炸时屋子里满是烟和砖屑）

**泼列斯顿**　见他妈的鬼。我要到地下室去。

**菲列普**　这屋子所处的角度很好。我是说正经的。我可以在街上指给你们看。

**电气工人**　同志们，No hay luz!

　　（他说得声音很大，差不多是先知的语调，突然站了起来，双臂张开得大大的）

**菲列普**　他说这儿没有灯光。敌人越来越吓唬人了。像是电光希腊圣诗班，或是希腊电光圣诗班。

**泼列斯顿**　我要离开这儿。

**陶乐赛** 那么,亲爱的人,你能带安妮姐和电气工人一起走吗?

**泼列斯顿** 来吧。

(他们走时下一颗炮弹刚到。这颗真有些劲儿)

**陶乐赛** (他们站着听炮弹击中后的砖石和玻璃掉在地上的声音)菲列普,这个角度真是安全的吗?

**菲列普** 这儿跟别处一样安全,真的。说安全还不恰当,人们现在不再求安全了。

**陶乐赛** 跟你在一块,我就觉得安全。

**菲列普** 别这样说。这是个可怕的一面。

**陶乐赛** 但是我没有办法。

**菲列普** 还是想想办法吧。那才是个好姑娘。

(他走近留声机,放上了一张肖邦的玛佐卡舞C小调,作品第33号之四。他们在电炉的微火辉映中,听着音乐)

**菲列普** 这音乐很浅而且十分老派,但是很美。

(接着从珈拉毕达山射来了沉重的班卓琴咣当声。它像怒吼的小旋风,在窗外街上爆炸了,使得窗户外面闪光一片)

**陶乐赛** 哦,亲爱的人,亲爱的人,亲爱的人。

**菲列普** (抱住她)你能用另外的称呼吗? 我已听见你用这个称呼叫过许多人了。

(听到一辆救护车的钟声。之后在寂静里,留声机上还在放着玛佐卡舞曲)

(幕渐下)

# 景三

佛罗里达旅馆第109号和110号房间。窗户大开,阳光倾泻进来。两房之间有扇门，门框上钉着一大幅战时宣传画，门开时这幅画就正好挡住了门洞。但门还是能敞开的。目前门开着，这幅宣传画便如间隔这两个房间的门帘。宣传画下端离地约有二英尺。在109房里，陶乐赛·勃里琪丝正在睡觉。在110房里，菲列普·劳林斯坐在床上望着窗外。窗户外传来卖报的喊声。"艾尔·索尔解放了! 艾尔·A·B·C·德·霍伊!"摩托车经过的喇叭声，接着远远传来机关枪声。

（菲列普拿起电话）

**菲列普**　请把早上的报纸送上来。是的，所有的报纸。

（他环顾室内，然后又望着窗外。他又看看那幅战时宣传画，早晨明晃晃的阳光使那幅挂在门框里的画显得透明了）

不好。

（摇摇头）

不喜欢看。时间太早了。

（有敲门声）

进来。

（门上又响了一下）

进来吧，进来吧!

（房门打开。经理两手捧着报纸）

**经　理**　早上好，菲列普先生。谢谢你。早上好，都好吗?昨晚上太可怕了，是不是?

**菲列普**　每晚都有可怕的事儿，真吓人。（他咧嘴一笑）让我看报吧。

**经　理**　他们告诉我阿斯杜里亚斯的坏消息，那儿差不多完蛋了。

**菲列普**　（看着报）报上还没提。

**经 理** 没提，可是我明白你早就知道了。

**菲列普** 对。我说，我什么时候住进这间屋里的?

**经 理** 你不记得吗，菲列普先生? 你不记得昨晚上的事了吗?

**菲列普** 不记得了。不能说我记得。举几件事情看我能不能回忆起来。

**经 理** (真个吃惊)你不记得，真的吗?

**菲列普** (爽快地)一件也记不得了。傍晚时分的小小炮击，却柯特。是呀，之后把安妮姐带了来规规矩矩玩儿了一会。我希望不至于使她麻烦吧?

**经 理** (摇摇头)不至于，不至于。跟安妮姐没什么麻烦。菲列普先生，你没记得泼列斯顿的事吧?

**菲列普** 记不得。这个可怜的叫花子干了什么? 我希望不会自杀吧。

**经 理** 你忘了是你把他扔到街上去的吗?

**菲列普** 从这儿? (他看看床又看看窗口)窗下有他的形迹吗?

**经 理** 没有。是你昨晚很晚到部里去拿公报回来时，在大门口扔的。

**菲列普** 使他受伤了?

**经 理** 伤口缝上了，缝了几针。

**菲列普** 你为什么不阻止呢? 为什么在这样正派的旅馆里容许这样的事情?

**经 理** 之后你就占了他的房间。(忧愁地，谴责地)菲列普先生! 啊! 菲列普先生!

**菲列普** (很爽快地，但有些懊丧)可今天是个好天气，不是吗?

**经　理**　哦! 对, 大好的天气。是到乡间野餐的日子。

**菲列普**　泼列斯顿干了些什么? 他体格很好, 你知道, 却又那样沮丧, 他一定挣扎了一番。

**经　理**　他目前住在另一间房里。

**菲列普**　在哪儿?

**经　理**　113。你原来住的房间。

**菲列普**　而我住在这里?

**经　理**　是的, 菲列普先生。

**菲列普**　这个讨厌的东西又是什么?

（望望门间的那幅透明招贴画）

**经　理**　是爱国的招贴, 很美, 有一种高尚的情感。这儿只能看见背面。

**菲列普**　遮在后面的是什么? 可以通到哪儿去?

**经　理**　通到小姐房里去。菲列普先生, 现在你有一套儿个房间了, 就像是新婚的快活的夫妻。我来看看是不是一切都安排得好好的, 如果你需要什么, 只要打电话给我就好了。恭喜你, 菲列普先生。光是恭喜还大大的不够。

**菲列普**　我这一面可以锁上房门吗?

**经　理**　绝对可以锁上, 菲列普先生。

**菲列普**　那么把门锁上, 你去吧, 给我拿咖啡来。

**经　理**　是, 老爷。菲列普先生, 在这样美丽的日子里不要生气。（接着急匆匆地说）菲列普先生, 请你记住马德里食物的情况。如果有机会有食物多出来, 不论什么食物可以吃的就行, 没有吃的人总是需要的。菲列普先生, 一个七口之家, 你简直不能相信, 我居然阔气得有位岳母老太太, 她什么都吃, 什么都配她的胃口。还有个十七岁的儿子, 以前是游泳冠军, 你们叫什么蛙泳的, 身坯像这样——（他拿手比划宽大的胸部和双臂）他的胃口？菲列普先生，你简直不能相信，还是吃食的冠军。你该明白了。他们不过七口之中的两口。

**菲列普** 我看看能找到什么吃的。得上我屋里去拿。如果有我的电话，就接到这儿来。

**经　理** 谢谢你，菲列普先生。你有个像大街一样的心肠。外面有两位同志要见你。

（在他们说话之时，在隔壁房间里陶乐赛·勃里琪丝熟睡着。在菲列普与经理谈话的前段时间，她一醒也不醒，只是在床上略略翻动。现在屋门关上锁住，两间屋子就相互听不见了。）

（两个穿国际纵队制服的同志进来）

**第一同志** 没有错，他溜走了。

**菲列普** 你说他溜走了是什么意思？

**第一同志** 他走，就是那么一回事。

**菲列普** （十分迅速）怎么溜走的？

**第一同志** 你说他怎么走的。

**菲列普** 别跟我来这一套。（转向第二同志，十分枯燥的声音）怎么样？

**第二同志** 他走了。

**菲列普** 你当时在哪儿？

**第二同志** 在电梯和扶梯之间。

**菲列普** （向第一同志）你呢？

**第一同志** 整夜都在门外。

**菲列普** 什么时候离开你的岗位的？

**第一同志** 一步也没有离开。

**菲列普** 最好还是想一想。你知道你在冒什么险，你不知道吗?

**第一同志**　我很抱歉,但是他已经溜掉啦,就是这么一回事。

**菲列普**　哦,不,不是那么回事,我的小伙子。

（他拿起电话听筒叫了个号码）

九,七,零,零,零。是的。安托尼奥吗?请。是的。他还没有到那儿?不。派人过来带走两个人,请到佛罗里达旅馆113号房。是的,请吧,是的。

（把电话挂上）

**第一同志**　我们就做了这些——

**菲列普**　想好了再说。你需要好好编一个故事,真的。

**第一同志**　没有什么可编的,除了我告诉你的。

**菲列普**　想好了再说。别着急,坐下来好好想想。你记得他是明明在这个旅馆里的,他不可能当你的面溜掉。

（他念着文件。两个同志闷闷不乐地站在那儿。他一眼也不瞧他们）

坐下来。舒舒服服地坐下来。

**第二同志**　同志,我们——

**菲列普**　（并不看他）别用这个字眼。

（两个同志相互望望）

**第一同志**　同志——

**菲列普**　（放下一个文件,又拿起了另一个文件）我告诉过你们不要用这个字眼,从你嘴里说出来并不好听。

**第一同志**　政委同志,我们要说——

**菲列普**　省省吧。

**第一同志**　政委同志,你一定得听听我的。

**菲列普**　以后我会听你的。不要担心,我的小伙子。我会听你的。你进来说话的时候,脾气够大的了。

**第一同志**　政委同志，请你听我说。我要告诉给你。

**菲列普**　你把我要的人给放走了，你把我紧要的人给放走了。你把一个要去杀人的人给放走了。

**第一同志**　政委同志，请——

**菲列普**　请，这个字从军人嘴里说出来简直滑稽。

**第一同志**　我不是个职业军人。

**菲列普**　你一穿上军装就是个军人。

**第一同志**　我是为了理想才来作战的。

**菲列普**　那真是太妙了。现在让我来告诉你。你说来作战是为了一个理想，但是你在一次进攻时就吓怕了。你不喜欢那些噪音或是其他的事情，而人们却在被枪杀——而你又怕看死人的样子了——于是你也怕死了——你便在自己的手上或是脚上开一枪来逃避战争，因为你受不了。好吧，你该为此遭到枪毙，你的理想也救不了你，兄弟。

**第一同志**　但是我仗打得很出色。我并不是自己打伤自己的。

**菲列普**　我从来没有说过你是这样的。我不过用来解释一些事情给你听听，但是看来我没有讲清楚。我在想，你瞧，你们放走的那个人会去做什么事情，我又怎么在他去杀人之前，再把他关在这个好地方呢。你瞧，我万分需要这个人，而且需要活捉他。你却让他跑了。

**第一同志**　政委同志，要是你不相信我——

**菲列普**　是呀，我不相信你，而且我也不是政委。我是个警察。听来的话是一句也不信的，我连亲眼见到的也只相信那么一丁点儿。你是什么意思，相信你？听着，你时运不好。我不得不查查你是不是有意这样干的。我希望事情不是这样。（他给自己倒了一杯酒）如果你聪明，你也不会希望事情是这样的。要是你不是有意这样干，后果反正都一样。对于责任你只能这样干。就是你非这样干不可。对于命令也只有一个选择——必须遵守。有时间的话，我可以向你解释纪律是厚道的，不过我不能解释得很清楚。

**第一同志** 请，政委同志——

**菲列普** 你再用这个字眼，你要惹我发火了。

**第一同志** 政委同志。

**菲列普** 闭嘴。我不讲什么礼貌了——瞧？我讲礼貌讲得太多了，我厌烦了。礼貌使我厌烦得要死。我不得不在上级面前和你对话。不要再提政委这个字眼了，我是个警察。目前你对我说的话毫无用处。我也要挨揍的，你明白。如果你不是有意这样干，我不会太担心。我必须要弄清楚，你瞧。我老实告诉你，如果你不是有意这样干，咱们责任一人一半。（敲门声）进来。（门一开，显出两个突击队员，蓝制服，平顶军便帽，带着来复枪）

**第一队员** A sus ordenes Mi CoMandante。

**菲列普** 把这两个人带到西格列达德去，过后我再来和他们谈话。

**第一队员** A sus ordenes。

（第二同志向门口走去。突击队员对他上下搜身，看看是否带着武器）

**菲列普** 他们全有武器的，把他们的枪缴下来，带走。（对两位同志）祝你们顺利。（他说这话带着讽刺）希望你们平平安安地出来。

（四个人出去了，你可以听到他们走向门厅。在另一间屋里，陶乐赛·勃里琪丝在床上翻动，醒过来，打呵欠，伸懒腰，拉拉挂在床头的叫人铃。你可以听见铃响。菲列普也听到铃声。有人敲他的房门）

**菲列普** 进来。

（进来的是经理，心情不安）

**经　理** 逮捕了两位同志。

**菲列普** 很坏的同志。至少有一个不好，另外一个也许完全没问题。

**经　理** 菲列普先生，目前你身边事情闹得太大了。我作为你的朋友劝告你，事情悄悄地干，闹得太大不会有什么好处。

**菲列普** 不，我不这样认为。今天天气也很好，对还是不对？

**经　理** 我告诉你你该怎么办。在这样的日子里，你该到乡下去逛逛，来次野餐。

（在隔壁屋子里，陶乐赛·勃里琪丝穿上浴衣和拖鞋。她走进洗澡间，再出来时正在梳她的头发。她的头发很美丽，她在床边坐下，对着电炉梳理头发。她不施脂粉，看来十分年轻。她又拉拉叫人铃，一位使女开门进来。她是位年约六十的小老太婆，穿一件蓝衬衫，系着围裙）

**使女（贝特拉）** Si Puede?

**陶乐赛** 早上好，贝特拉。

**贝特拉** BueNas dias（您好），小姐。

（陶乐赛上了床，贝特拉把早餐托盘放在床上）

**陶乐赛** 贝特拉，有鸡蛋吗？

**贝特拉** 没有，小姐。

**陶乐赛** 你母亲好些没有，贝特拉？

**贝特拉** 没有，小姐。

**陶乐赛** 你吃过早餐吗，贝特拉？

**贝特拉** 没有，小姐。

**陶乐赛** 拿只杯子来，马上喝杯咖啡。快。

**贝特拉** 等你吃完早餐我再喝,小姐。昨晚的炮击,这儿也很
厉害吗?

**陶乐赛** 哦,热闹得很。

**贝特拉** 小姐,你老说吓人的话。

**陶乐赛** 不。但是,贝特拉,真热闹。

**贝特拉** 在泼鲁克雷苏,我们那一区,有一层楼上死了六个。今
早上他们才被抬出屋来,街道上满是碎玻璃。今年冬天,
不会剩下多少玻璃了。

**陶乐赛** 这儿没有一个人死亡。

**贝特拉** 先生也准备吃早饭吗?

**陶乐赛** 先生不再在这儿了。

**贝特拉** 他上了前线吗?

**陶乐赛** 哦,没有。他从来不上前线的,他只是报道前线。这
儿另外又有位先生了。

**贝特拉** (悲哀地)是谁?小姐。

**陶乐赛** (快活地)菲列普先生。

**贝特拉** 啊,小姐。多糟。

(她哭着出去)

**陶乐赛** (跟着叫她)贝特拉。啊,贝特拉!

**贝特拉** (服从地)是,小姐。

**陶乐赛** (快活地)看看菲列普先生有没有起床。

**贝特拉** 是,小姐。

(贝特拉走到菲列普先生的门前,敲门)

**菲列普** 进来。

**贝特拉** 小姐要我来看看你有没有起床。

**菲列普** 没有。

**贝特拉** (在另一门口)先生说他没有起床。

**陶乐赛**　请你叫他来这儿吃早餐,贝特拉。

**贝特拉**　(在另一门口)小姐请你来吃早餐,但是早餐也不见得太多。

**菲列普**　告诉小姐我从来不吃早餐。

**贝特拉**　(在另一门口)他说他从来不吃早餐,但是我知道他吃早餐比三个人吃的还多。

**陶乐赛**　贝特拉,侍候他真难。就告诉他不要发傻,请他到这儿来。

**贝特拉**　(在另一门口)她要你去。

**菲列普**　什么话,什么话。(他穿上浴衣和拖鞋)这些衣着太小了,准是泼列斯顿的,但衣服很好,最好向他买过来。

　　　　(他把文件收拾在一起,开了门,走向另一间,一面推开门,一面在门上敲了几下)

**陶乐赛**　进来。啊,你到底是来啦。

**菲列普**　这事儿不是有些不寻常吧?

**陶乐赛**　菲列普,你这个愚蠢的亲爱的人。你上哪儿去啦?

**菲列普**　在一间非常古怪的房间里。

**陶乐赛**　你怎么进去的?

**菲列普**　不知道。

**陶乐赛**　你什么事情也记不起?

**菲列普**　我只记得说了一些废话把一个人赶走啦。

**陶乐赛**　那是泼列斯顿。

**菲列普**　真的吗?

**陶乐赛**　千真万确。

**菲列普**　我们得把他找回来。不应该这样粗暴无礼。

**陶乐赛**　啊,不必了,菲列普。不,他永远回不来了。

**菲列普**　难堪的字眼,永远。

**陶乐赛**　（决意地）永远不变。

**菲列普**　这字眼更难听。给我恐怖感。

**陶乐赛**　什么是恐怖感, 亲爱的人?

**菲列普**　一种超级恐怖, 你明白。有时你看得见, 有时又看不见。注意它们随时变化。

**陶乐赛**　你并没有这种感觉吧?

**菲列普**　哦, 有的, 我什么都经历过。我记得最坏的是一批海军陆战队员, 经常突然到你屋里来。

**陶乐赛**　菲列普, 坐在这儿。（菲列普小心翼翼地在床边坐下）菲列普, 你得答应我一些事儿。你不要再继续喝酒, 对人生没有目的, 不要再去做那些空想的事情。你不能老是去做马德里的花花公子, 对吗?

**菲列普**　一个马德里的花花公子?

**陶乐赛**　是的。混在却柯特, 混在迈亚米, 还有那些大使馆、政府部门, 以及维农·罗杰斯的公寓里, 还有那个讨厌的安妮姐。可是那些大使馆真是最坏的地方。菲列普, 你不能再混了, 对吗?

**菲列普**　另外还有什么?

**陶乐赛**　有得是。你能够做些正经高尚的事情, 你能够做那些勇敢、沉着、好的事情。你明白你会落到什么地步, 如果你老是从一个酒吧爬到另一个酒吧, 混在那些讨厌的人中间, 你会被枪杀的。前一晚就有一个人在却柯特被人杀害了, 真可怕。

**菲列普**　是我们认识的人吗?

**陶乐赛**　不是。只是一个可怜的人, 他拿着喷雾器喷洒每一个人。他没有一点儿恶意, 但是有人不高兴便把他枪杀了。我亲眼看到这件事, 这件事使人十分沮丧。他们突然开枪打他，他就朝天躺在地上，脸色灰白，而就在那一刻之前，他还是那样快乐。他们把所有在那里的人扣留了两个小时，警察查看每个人的手枪，店里也不再供应饮料了。他们并不把死者遮盖起来，我们不得不走过死者身旁给坐在桌前的一个人检查我们的证明文件，这真是太叫人沮丧了，菲列普。而且他的短裤是那样脏，他的鞋底完全磨穿了，他连件汗背心都没穿。

**菲列普** 可怜的家伙。你如今知道他们喝的东西是有毒的，使人喝发了疯。

**陶乐赛** 但是菲列普，你用不着像他那样。你用不着在这些地方鬼混，甚至人们把你枪杀掉。你可以干些政治方面的事情或是军事方面的事情，而且会干得出色。

**菲列普** 不要引诱我。不要使我野心勃勃。（稍停一下）不要开创远景。

**陶乐赛** 那一晚你玩痰盂就是件讨厌的事情。不要在却柯特挑衅闹事。简直是挑衅，谁都这样说。

**菲列普** 我对谁挑衅来着？

**陶乐赛** 我不知道。对谁不都一样吗？你不应该向每个人挑衅。

**菲列普** 不应该。我想不应该。即使不挑衅，麻烦事也会立时降临的。

**陶乐赛** 别讲得那样悲观，亲爱的人，我们不过刚刚开始共同的生活？

**菲列普** 我们——？

**陶乐赛** 我们共同的生活。菲列普，你想不想到圣·特劳贝兹那种地方去过长期的、快活的、平静的生活，我们可以长时间散步，去游泳，养孩子，快快活活过下去吗？我是真心实意的。你愿意结束这一切坏事吗? 你明白我的意思吗, 战争和革命?

**菲列普** 我们会在早餐时看《大陆每日邮报》, 吃奶油点心和新鲜草莓吗?

**陶乐赛** 亲爱的人, 我们要吃火腿鸡蛋, 如果你要的话, 也可以看《晨报》。看见我们的人叫我们先生——夫人。

**菲列普** 《晨报》刚停止刊行。

**陶乐赛** 啊, 菲列普, 你太丧气了。我愿意我们有那样的愉快生活。你愿意有孩子吗? 他们可以在卢森堡公园里玩儿, 滚铁环, 划船。

**菲列普** 你可以在地图上指给他们看, 你知道, 甚至还可以在地球仪上。孩子们, 我们把男的叫德瑞克, 我知道的最难听的名字。你可以说:"德瑞克, 那儿是黄浦。现在跟着我的手指, 我指给你看爸爸在哪儿。"德瑞克会说:"好, 妈咪。我见过爸爸吗?"

**陶乐赛** 哦, 不是这样的。我不会像这样的。我们只是住在美好的地方, 你可以写书。

**菲列普** 什么?

**陶乐赛** 随你高兴写什么。小说, 论文, 也许是关于这次战争的一本书。

**菲列普** 一定是本好书。最好这本书有……有—— 你知道——插图。

**陶乐赛** 或者你可以研究和写一本政治性的书。写一本辩证法的书总是有销路的。

**菲列普** 真的吗?

**陶乐赛** 但是, 亲爱的菲列普, 你首先要做的事就是在这儿开始, 做一些值得做的事情, 而且停止这些完全的、绝对的花花公子的行为。

**菲列普** 我曾经在书里读到过，但是我真的不理解。这是真的吗？一位美国女人首先要做的事情，就是要她喜欢的男人放弃一些东西？你知道，像到处酗酒，抽弗吉尼亚纸烟，或是戴鞋罩，或是打猎，或是其他蠢事？

**陶乐赛** 不是，菲列普。事情是你对任何女人都是个严重的问题。

**菲列普** 但愿如此。

**陶乐赛** 我不要你放弃什么，我要你拿起一些东西。

**菲列普** 妙。（他吻她）我会拿起来的。现在你吃早餐吧。我要回屋里去打几个电话。

**陶乐赛** 菲列普，不要去。

**菲列普** 我一会儿就回来，亲爱的人。我会十分严肃的。

**陶乐赛** 你知道你说了什么话吗？

**菲列普** 当然啦。

**陶乐赛** （十分快活地）你说"亲爱的人"。

**菲列普** 我知道这是会传染的，但是我从来不知道这是有感染力的。原谅我，亲爱的。

**陶乐赛** "亲爱的"这个词也不错。

**菲列普** 再见，那么——呃——甜蜜的。

**陶乐赛** 甜蜜的，哦，你这个亲爱的人。

**菲列普** 再见，同志。

**陶乐赛** 同志。哦，你刚才叫我亲爱的人。

**菲列普** "同志"是个不简单的字眼。我想我不该随处乱用。我收回了。

**陶乐赛** （狂喜）哦，菲列普。你向政治方面发展了。

**菲列普** 上帝——呃，哦，你明白，不管是什么，救救我们。

**陶乐赛**　别亵渎上帝了，这会带来坏透坏透的运气。

**菲列普**　（匆促而带些可恶的表情）再见，亲爱的人。亲爱的，甜蜜的。

**陶乐赛**　你不叫我同志了。

**菲列普**　（走出室外）不叫了。你瞧，我现在向政治方面发展了。

（他走进隔壁室内）

**陶乐赛**　（拉铃叫贝特拉，同她说话。舒舒坦坦地躺在床上的枕头上）啊，贝特拉，他是那么活跃，那么生气勃勃，那么快乐。但是他什么事情也不干。据说他是要给一家愚蠢的伦敦报纸发新闻的，但是新闻检查所的人说他实际上从来也没有发过新闻。听腻了泼列斯顿老是讲他的妻子孩子之后，他是多么新鲜。让泼列斯顿回到他妻子孩子那儿去吧，要是他对他们那么钟爱。我可以打赌他并不爱他们。那些战时老是讲妻子孩子的男人，他们不过是把妻子孩子用作跟别人上床睡觉的由头，过后又马上用妻子孩子来打击你。我的意思是真个儿打你。我不知道为什么和泼列斯顿混得那么久。而他真是太令人丧气的了。老盼望城市陷落如此等等，而且老是看地图。老是看地图是一个男人最最使人讨厌的习惯。不是吗，贝特拉？

**贝特拉**　我不懂，小姐。

**陶乐赛**　哦，贝特拉，我猜不透他现在在干什么。

**贝特拉**　不会有好事。

**陶乐赛**　贝特拉，别这样说。你是个失败主义者。

**贝特拉**　不是的，小姐。我只是做工。

**陶乐赛**　好吧，现在你可以走了，因为我想我还要再睡一会儿。今早上我感到瞌睡而且兴致好。

**贝特拉** 好好睡吧,小姐。

（她走出室外,关上门）

（隔壁屋里菲列普在听电话）

**菲列普** 是的,对。让他来。

（敲门声,一位穿国际纵队制服的同志走了进来。他很灵巧地敬了个礼。他年轻,漂亮,是个年约二十三岁黑黝黝的青年）

敬礼,同志。进来吧。

**同　志** 纵队派我到这儿来。我到113号房去向你报到了。

**菲列普** 房间换过了。你有命令的副本吗?

**同　志** 只是口头的命令。

（菲列普拿起电话要了个号码）

**菲列普** 奥青达——2015。哈罗,赫道克吗?不,赫道克,请海克讲话。是的,海克,好。赫道克吗?（转向那位同志）你叫什么名字,同志?

**同　志** 韦尔金森。

**菲列普** 哈罗,赫道克。派韦尔金森同志到钓鱼棚吗?对,谢谢你。敬礼。（把话筒挂上。转身向同志伸出手来）看见你很高兴,同志。现在有什么指示吗?

**韦尔金森** 我来听你指挥的。

**菲列普** 哦。（他看来对什么事情很遗憾）你多大了,同志?

**韦尔金森** 二十岁。

**菲列普** 好玩吗?

**韦尔金森** 我参军并不是为了玩儿的。

**菲列普** 不是,当然不是。不过是问问。（他停了下,接着弃掉了他的遗憾感。他用军队的腔调说话）目前我有一件事要告诉你。在这场演出里,你必须武装起来加强你的威风。

但是在任何情况下你都不能开枪，在任何情况下，明白吗？

**韦尔金森** 自卫也不能开枪吗？

**菲列普** 在任何情况下都不能开枪。

**韦尔金森** 我明白。给我的命令是什么？

**菲列普** 下去散散步。然后回到这儿来，要一个房间，办登记手续。你有了房间就到我这儿来一下，让我知道是哪个房间，我再告诉你干什么。今天大部分时间你得呆在屋子里。（他停下来）好好地散散步，可以去喝杯啤酒，阿居拉那儿今天有啤酒卖。

**韦尔金森** 我不喝酒，同志。

**菲列普** 很对。好极了。我们老一辈的人有某种麻风病似的罪过，而在这些日子里却无法消灭。你是我们的范例。现在去吧。

**韦尔金森** 是，同志。

（他敬礼后出去了）

**菲列普** （等韦走后）太可怜了。是的，太可怜。（电话铃响了）是啊？我就是的。好。不。抱歉。以后吧。（挂上话筒……电话铃又响了）哦，哈罗。是的。我真抱歉。多丢人。我会的。是的。以后吧。（他挂好话筒。电话铃又响了）哦，哈罗。哦，抱歉。我真抱歉。你说什么以后再说，不是吗？好朋友。你到这儿来我们了结一件事。

（有人敲门）

进来吧。

（泼列斯顿进来。他眉毛上贴着纱布，看来不十分健康）

我真抱歉，你明白。

**泼列斯顿** 说这种话有什么用？你叫人恶心。

**菲列普**　说得对。眼下我能给你做些什么呢？（死板地说）我说过我抱歉。

**泼列斯顿**　好吧，你还是把我的浴衣和拖鞋脱下来吧。

**菲列普**　（脱下来）好吧。（他把浴衣和拖鞋交给泼列斯顿。很遗憾地）你不会转卖你的浴衣吧，你会吗？料子真好。

**泼列斯顿**　不卖。现在马上滚出去。

**菲列普**　是不是我们还得重新来一遍？

**泼列斯顿**　如果你不滚出去，我要打电话让人把你扔出去。

**菲列普**　那么，最好还是打电话吧。

（泼列斯顿打电话。菲列普走进洗澡间。可以听到放水的声音。有人敲门，经理进来）

**经　理**　出了什么事？

**泼列斯顿**　我要你打电话给警察，把这个人赶出我的房间。

**经　理**　泼列斯顿先生。我马上叫使女给你收拾东西。你在114号房也一样舒适。泼列斯顿先生，你明白还是不叫警察到旅馆里来得好。警察一开口会说什么呢？这是谁的牛奶罐头？这午餐肉罐头是谁的？谁在旅馆里囤积咖啡，大立柜里的那些白糖是什么意思？谁有这三瓶威士忌酒？这儿是怎么一回事？泼列斯顿先生，私事就绝不要麻烦警察。泼列斯顿先生，我求求你。

**菲列普**　（在洗澡间里）这儿的三块肥皂是谁的？

**经　理**　你瞧，泼列斯顿先生？关于私事，行政部门总有错误的解释。有一条法律是不准有这些东西的。有严厉的法律禁止一切的囤积。这会使警察误解的。

**菲列普**　（在洗澡间里）这儿的三瓶古龙香水是谁的？

**经　理**　你瞧，泼列斯顿先生？依我的心愿，我不能去叫警察。

**泼列斯顿** 啊，见鬼去吧，你们这两个家伙。把东西搬到114去。你是个大混蛋，劳林斯。记住我的话，你记住吗？

**菲列普** （在洗澡间）这四管曼能牌剃须膏是谁的？

**经　理** 泼列斯顿先生。四管。泼列——斯顿先生。

**泼列斯顿** 你只会乞讨食物，我给你不少了。把东西收拾好搬出去。

**经　理** 很好，泼列斯顿先生，只有一句话。我实在不愿意这样做。提个小小请求，要求食物，只是把你超额的数量分散——

**菲列普** （在洗澡间里，笑得缓不过气来）在说什么？

**经　理** 在向泼列斯顿先生请求他所不需要的数量，那是我一家七口的基础。听呀，泼列斯顿先生，有我的岳母——那个奢侈品——嘴里只剩下一颗牙齿，你了解，只有一颗牙齿。就用这颗牙齿吃东西，而且津津有味。这颗牙齿掉了，我就得买上下全副假牙，她就能吃高级东西了。能吃牛排，能吃猪排，就能吃那叫什么萨罗米罗的东西。每晚——我告诉你，泼列斯顿先生——我问她这颗牙怎么样，老太太？每晚我想如果这颗牙掉了，我们怎么办？给他一副全新的上下牙齿，马德里军队里的马匹就会剩下不多了。我告诉你，泼列斯顿先生，你从来没有看见过这样的女人，那样一件奢侈品。泼列斯顿先生，你能不能让给我一小听什么的，从你那超额的量里？

**泼列斯顿** 从劳林斯那儿拿吧。他是你的朋友。

**菲列普** （从洗澡间出来）集邮家同志，我给你一罐老牛肉。

**经　理** 哦，菲列普先生，你的心脏比旅馆还要广大。

**泼列斯顿** 而且加倍肮脏。（走出屋子）

**菲列普** 他怨气冲天。

**经　理**　你夺走他的年轻女人,这使他生气,使他充满——你叫什么的——妒忌。

**菲列普**　对啦,他只是个醋罐子。昨晚上我想把醋味儿消一消,可没有成功。

**经　理**　听着,菲列普先生,告诉我一件事,战争还要打多久?

**菲列普**　恐怕要有挺长时间。

**经　理**　菲列普先生,我恨你这样讲。现在已经一年了,这不好玩,你知道。

**菲列普**　你用不着担心,你会活下去的。

**经　理**　你小心一些也会活下去。菲列普先生,要更加小心。我知道,不要以为我不知道。

**菲列普**　不要知道的太多。不论你知道什么,把你那张嘴巴闭住,呃? 我们才能一起合作不出毛病。

**经　理**　但是要小心,菲列普先生。

**菲列普**　我会活下去,来一杯吗?

（他倒了杯威士忌酒,还加了些水）

**经　理**　我从来不碰酒精。但是听着,菲列普先生,要格外小心。住105的很坏。住107的也很坏。

**菲列普**　谢谢,我知道的。只是那个住107的人跑掉了,他们让他逃跑了。

**经　理**　住114的只是个笨蛋。

**菲列普**　很笨。

**经　理**　昨晚上那个人想进113去找你,他是假装走错了房间,我明白的。

**菲列普**　因此,我不在那间房里。我派人盯住那个笨蛋。

**经　理**　菲列普先生,你一定要万分小心。你想要我在门上装具弹子锁吗? 大锁, 很坚固的那种。

**菲列普**　不用, 大锁也不顶事。你们这一行是不用大锁的。

**经　理**　你要些特别的东西吗, 菲列普先生? 一些顶用的东西。

**菲列普**　不, 不要特别的东西。谢谢你拒绝那个从弗伦西亚来的笨蛋新闻记者, 在这儿开一个房间。眼下我们这儿笨蛋太多了, 包括你和我在内。

**经　理**　但是我可以让他来, 如果你需要的话。我告诉他没有房间, 有了就告诉他。如果一切平安以后可以让他住进来, 菲列普先生, 你自己保重。务请如此, 你明白的。

**菲列普**　我活得很好, 只是脑子里有时很低沉。

（在这一时间内, 陶乐赛·勃里琪丝从床上起来, 走进洗澡间, 穿着好了才回到屋子里。她在放着打字机的桌旁坐下, 又站了起来, 把一张唱片放在唱机上。这是肖邦的民歌降A小调第47号。菲列普听见音乐）

**菲列普**　（对经理说）对不起, 我要出去一会儿, 行吗? 你要给他搬东西吗? 如果有人来找我, 让他们等我, 可以吗?

**经　理**　我告诉来搬东西的使女。

（菲列普走到陶乐赛的门口, 敲门）

**陶乐赛**　进来, 菲列普。

**菲列普**　你不会介意我在这里喝会儿酒吧?

**陶乐赛**　不, 请便。

**菲列普**　我请你办两件事。

（唱片停止了。在隔壁屋里, 你可以看到经理出去了, 使女进来了, 把泼列斯顿的什物堆在床上）

**陶乐赛**　是两件什么事情, 菲列普?

**菲列普**　一件是搬出这个旅馆, 另一件是回到美国去。

**陶乐赛** 怎么啦,你这个无礼的、傲慢的家伙。啊,你比泼列斯顿还要恶劣。

**菲列普** 我两者兼有。这个旅馆眼下不是你应该住的地方,我不是开玩笑。

**陶乐赛** 我刚刚开始和你快快活活。菲列普,不要犯傻,亲爱的人,请你不要犯傻。

（隔壁的房门前,你可以看到穿国际纵队制服的韦尔金森同志站在开着的门口）

**韦尔金森** （对使女）劳林斯同志呢?

**使　女** 请进来坐下,他说让你等他。

（韦尔金森在椅上坐下来,背对着门。在隔壁房里,陶乐赛再把唱片放在唱机上。菲列普把机头提起,唱片就在唱盘上旋转不止）

**陶乐赛** 你说你要喝一杯,给。

**菲列普** 我不想喝了。

**陶乐赛** 怎么啦,亲爱的人?

**菲列普** 你知道我是认真的。你必须离开这儿。

**陶乐赛** 我并不怕炮击。你也是知道的。

**菲列普** 并不是因为炮击。

**陶乐赛** 好,那是为什么呢,亲爱的人?你不喜欢我吗?我愿意使你在这儿快快活活。

**菲列普** 我怎样才能使你离开这儿呢?

**陶乐赛** 怎么也不能,我决不离开。

**菲列普** 我要你搬到维多利亚旅馆去。

**陶乐赛** 你没法。

**菲列普** 我希望把事情告诉你。

**陶乐赛** 那你为什么不说呢?

**菲列普** 我没法对任何人讲。

**陶乐赛** 但是，亲爱的人，这只是一种中枢压制。你可以去找个心理分析师，越早越好。这很容易，也很有趣。

**菲列普** 你简直没治了，但是你很美丽。我只要你搬出去。(他把针头放到唱片上，给唱机上足发条)请原谅，如果我情绪低落的话。

**陶乐赛** 也许是由于你的肝脏，亲爱的人。

（唱片旋转着，你看见有个人立在门口，房里使女正在工作，韦尔金森则坐在那儿。站在门口的人戴一顶贝雷帽，穿着军用雨衣，他靠在门框侧柱上瞄准靶子，用一支长筒毛瑟手枪，击中了韦尔金森后脑勺。使女尖叫——啊——然后用围裙掩脸哭了起来。菲列普一听见枪声，就把陶乐赛推向床上，右手握枪走向门口。一开门，就两边张望，使自己隐在可以掩护的地方，然后穿过墙角，走进隔壁房间。使女一看见他拿着枪，就又大叫起来）

**菲列普** 别傻。(他走近韦尔金森坐的椅子，把韦尔金森的头捧起来，然后又让头垂下)这批狗杂种，法西斯狗杂种。

（陶乐赛跟他走进室内，他推她出去）

**菲列普** 离开这儿。

**陶乐赛** 菲列普，怎么啦?

**菲列普** 别看他，那是个死人，有人枪杀了他。

**陶乐赛** 谁开枪打他的?

**菲列普** 也许他自己打的。这不关你的事，离开这儿。你以前没有看见过死人吗? 你不是个战时女记者吗? 离开这儿去写一篇报道吧。这不关你的事。(对使女)赶快把这些罐头和瓶子拿出去。

（他开始把大立柜里架上的东西扔在床上）全部牛奶

罐头，全部咸牛肉，全部白糖，全部沙丁鱼罐头，全部古龙香水，全部额外肥皂，把一切都拿出去。我们应该叫警察了。

（幕）

# 第二幕

## 景一

保卫局总部的一间屋子。一张没有油漆过的桌子，除了一只绿灯罩的台灯之外，空无一物。窗户都关着，加了窗板。桌子后面坐着一个矮子，他嘴唇很薄，鹰钩鼻，一张苦行僧的脸庞，有两条浓黑的眉毛。菲列普坐在桌旁的一把椅子上。鹰钩鼻子脸的男人拿着一支铅笔。桌前的一把椅子上有一个人坐着，他正在抽抽搭搭哭泣。安托尼奥（有鹰钩鼻子的那个人）很有兴趣地看着他。这是第一幕景三中的第一同志，他光着头，军便服已经脱下，那条过于肥大的国际纵队军裤的背带，垂挂在裤子旁边。

（幕启时菲列普站了起来，望着第一同志）

**菲列普**　（声音疲倦）我还要再问你一个问题。

**第一同志**　不要问我，请你不要问我，我不要你问我。

**菲列普**　你那时在打瞌睡吗？

**第一同志**　（抽噎）是的。

**菲列普**　（声音十分疲倦平板）你知道对这件事的惩罚吗？

**第一同志**　知道。

**菲列普**　为什么你一开头不说, 这样不是可以省许多折腾吗? 我并不会因此而枪毙你。眼下我不过对你失望了。你以为人们枪毙人是为了寻开心吗?

**第一同志**　我应该告诉你的, 我害怕了。

**菲列普**　是呀, 你应该告诉我的。

**第一同志**　真的, 政委同志。

**菲列普**　(对安托尼奥, 冷冷地)你以为他睡着了吗?

**安托尼奥**　我怎么知道? 你要我审问他吗?

**菲列普**　不要, 我的上校, 不要。我们要的是情报, 我们不要供词。

(对第一同志)

听着, 你睡着的时候梦见了什么?

**第一同志**　(止住他的抽泣, 迟疑, 然后说下去)我记不得了。

**菲列普**　记记看, 别急, 我只是要弄清楚。你瞧, 不要再说谎。如果你说谎, 我听得出来。

**第一同志**　现在我记起来了。我靠在墙上, 我一靠来复枪便夹在我的两腿当中, 我记得了。(他抽噎)在梦里, 我……我以为是我的女朋友在给我做什么——可笑的事情。我不知道是什么事情, 这只是在梦里。(他抽噎)

**菲列普**　(对安托尼奥)现在你满意了吗?

**安托尼奥**　我不完全明白。

**菲列普**　好吧, 我想没有人会完全明白的, 但是他说服了我。

(对第一同志)你的女朋友叫什么名字?

**第一同志**　艾尔玛。

**菲列普**　好, 你给她写信时告诉她, 说她给你带来不少好运气。(对安托尼奥)照我看来,你可以带他下去了。他读《工人报》,他知道裘·诺斯,他有个女朋友名叫艾尔玛。他在纵队里的考绩不错,但是他打了瞌睡而让一个公民溜走,那个人曾经打死了韦尔金森,因为错把韦尔金森当作是我了。现在要做的事情是给他几杯浓咖啡,让他清醒清醒,让他不再把来复枪夹在两腿之间。听着,同志,我很抱歉,如果我在执行我的任务时对你说了些粗话。

**安托尼奥**　我还要提出几个问题。

**菲列普**　听着,我的上校。如果我不善于处理这件事情,你也不会让我审问这么久。这孩子不错,你知道我们中间没有一个真正像你认为正确的人。但是这个孩子很不错,他只不过打瞌睡了,而我也不是一个法官,你知道。我只是在你手下工作,为革命事业,为共和国,为这件事或那件事工作。在美国,过去我们有位名叫林肯的总统,他对那些因瞌睡而被处死刑的哨兵们予以减轻惩罚。因此我想,如果你认为可以的话,我们也可以减轻对他的判决。他是从林肯支队来的,你瞧,这是个非常优秀的支队。这个支队的优点,他们所做的工作,如果我能清清楚楚告诉你,简直会使你心碎。要是我在这个支队里,我会感到光荣和自豪,而不会像现在干得那样窝囊。但是我又不在这个支队里,瞧?我只是一个二等警察冒充三流记者——但是听着,阿尔玛同志——

(转向囚徒)

如果你下一次在我领导下工作,再在值勤时打瞌睡,我便亲自枪毙你。你听见我说的吗?而且把这些话写给艾尔玛。

**安托尼奥**　(按铃。两个突击队员走了进来)把他带出去。你说得很乱，菲列普。但是你说了一大套，有一些也有点儿道理。

**第一同志**　谢谢你，政委同志。

**菲列普**　啊，在战争里不要说"谢谢你"这样的话。这是一场战争。你不要说什么感谢。但我还是欢迎的，瞧？你写信给艾尔玛的时候，告诉她给你带来了好运气。

（第一同志跟着两个突击队员出去了）

**安托尼奥**　对，现在。这个家伙从107房间溜走了。把那个孩子错当作你给打死了，那么这个人是谁呢？

**菲列普**　哦，我不知道。我想是圣诞老人。他有个号码。他们的A类从1到10，B类从1到10，C类从1到10，他们枪杀人，他们炸毁目标，还干那些你太熟悉的事情。他们工作得很努力，而且手段真的很高明。但是他们杀死了不该杀的人。麻烦的是他们根据老古巴ＡＢＣ路线干得这么有效，你只能找他们圈子之外的人来对付他们，但这也不会发生作用。正像是光顾挤脓包而不去听从费虚曼酵母纲领那样容易。你晓得，如果我讲得又混乱了，就改正我。

**安托尼奥**　但是你为什么不使用足够的力量来对付他呢？

**菲列普**　因为我不能兴师动众，而惊动了我们更为需要对付的人。这个人不过是个枪手。

**安托尼奥**　对。在这个一百万人口的城市里，留下了不少法西斯分子，他们在内部活动，那些有胆量的家伙。这儿至少有两万人在活动。

**菲列普**　更多些，加一倍。但是一旦被提住，他们就闭口不说话，除了那些政客。

**安托尼奥**　政客。是的，政客。我在这间房的屋角里，就看到过一个政客躺在地板上站不起身来，当要他出去的时候。

我也看到过一个政客跪在地上走路,把两手抱住我的小腿,吻我的双脚。我注意到他的口水淌在我的长靴上,而要他干的不过是最简单不过的死而已。我看见许多人死了,但从来没有看见过一个政客死得像样的。

**菲列普** 我不要看见他们死去。但你可以,我想,如果你愿意看他们死。我却不愿看。有时我简直猜不透你怎么能坚持的。听着,谁死得像样?

**安托尼奥** 你知道,不要太天真了。

**菲列普** 对,我想我知道。

**安托尼奥** 我可以死得像样,我不要求任何人做不可能的事情。

**菲列普** 你是位专家。瞧,托尼柯。谁死得像样?说吧,说出来。说吧,说说你的行话对你有好处。你知道要多说说。下一件事,你明白,就是把它忘掉。简单,呃?告诉我这一运动的早期情况。

**安托尼奥** (有些骄傲)你要听吗?你指的是特定的人吗?

**菲列普** 不是的,我知道一两个特定的人。我要知道的是分门别类的人。

**安托尼奥** 法西斯分子,真正的法西斯蒂,是那些年轻的人,死得很像样,有时很有气魄。他们错了,但是他们很有气魄。兵士们,对,大多数没问题。教士们是我一生都反对的。教会则向我们开战,我们攻击教会。我是个多年的社会党人,我们是西班牙最老的革命党。但是,要去死——(他用手腕很快地挥动三次,这是表示崇高敬佩的西班牙姿势)死吗?神父吗?好像就义。你晓得,这是一般的神父,我不是指那些主教。

**菲列普** 还有,安托尼奥。有时也会出现差错吧?也许由于工作匆促。或是你知道，就是差错，我们全会出差错的。昨天，我就出了个小差错。告诉我，安托尼奥，你们从来没发生过差错吗？

**安托尼奥** 哦，有的。当然，差错。哦，有的。差错，有的，有的。十分遗憾的差错。不过很少。

**菲列普** 那些冤枉的人怎么个死法？

**安托尼奥** （骄傲地）全是死无怨言。

**菲列普** 啊——（正如拳击手挥拳打在对方皮肉上的声音）这就是我们所操的职业。你知道，他们用什么笨拙的名字称呼这种职业吗？反间谍。这一职业使你神经受不了吗？

**安托尼奥** （简捷地）没有。

**菲列普** 对于我，这已经长期使我的神经受不了啦。

**安托尼奥** 但是你干这一行的时间并不长啊。

**菲列普** 已经在这个国家里泡了倒霉的十二个月了，我的朋友。这之前，则在古巴。你到过古巴吗？

**安托尼奥** 去过。

**菲列普** 就是在那里我被卷进这一行当的。

**安托尼奥** 你是怎样被卷进去的？

**菲列普** 喏，人们开始相信我，但他们不理解我。我想就因为他们不理解我，我就开始越来越受到信任了。你知道，起初只有那么一点儿，只是一般的信任。以后信任得更多一些，而你也真叫人信得过。再后，你知道，连你自己也深信无疑了。最后，我想自己也欢迎这种情况了。我似乎感到我没有把这情况说得很明白。

**安托尼奥** 你是个好孩子，你工作出色，人人都很信任你。

**菲列普** 太过分啦，而且我已经疲惫了，眼下我又顾虑重重。你知道我喜欢干什么？我再也不愿意杀一个狗杂种。只要我活着，不管是谁，是什么理由，我都不想去杀人。我实在不愿意故意撒谎。我愿意每次醒来时都知道自己跟谁睡在一起。我要在一个星期之中，每天早晨在同一个地方醒来。我愿意和一个名叫勃里琪丝的姑娘结婚，这个姑娘你是不认识的。请你不要介意我提名道姓，因为我喜欢在嘴里念叨这个名字。我愿意同她结婚，是因为她有世界上最长、最滑、最直的双腿，而且在她胡说的时候，我可以置之不理。但是我希望看看我们生的孩子们像谁。

**安托尼奥**　她就是那个跟新闻记者在一块的顾长身材的金发姑娘吗？

**菲列普**　不要那样谈论她。她并不是跟新闻记者在一块的顾长身材的金发姑娘，她是我的女朋友。要是我说得太多，浪费了你宝贵的时光，那么，打断我的话吧。你明白，我是个很古怪的人。我既会说英国话也会说美国话，我是在这处出生，在那处长大的。如今我就靠了这个在谋生。

**安托尼奥**　（抚慰地）我知道。你累了，菲列普。

**菲列–普**　是呀，目前我在说美国话，勃里琪丝也一样。不过，我不敢确定她能够说美国话。你瞧，她的英文是在大学里念的，不知是向不值一提的人还是有文学修养的老爷学的。你知道这事有多可笑，你瞧。我就是喜欢听她说话，不管她说些什么。我现在缓过来了，你瞧。早餐以来，我什么都不曾喝过，而我这醉鬼却比喝酒时还醉得厉害，这就不是个好兆头。让你手下的工作人员放松一下行吗，上校？

**安托尼奥**　你该去上床睡觉了，你累得厉害，菲列普。你还有许多工作要做哩。

**菲列普**　那是对的，我很累，我还有许多工作要做。我要去却柯特等候会见一个同志，名叫麦克斯的。我有，一点也不夸张，有许多工作要做。麦克斯，我相信你认识这个人，而他，为了说明他是个多么出色的人，他的大名后面从来不带一个姓，而我的姓则是劳林斯，我自始至终就用这一个姓。这就说明我干这一行还不太久。我在说些什么呀。

**安托尼奥** 关于麦克斯。

**菲列普** 麦克斯，就是这个。麦克斯，是呀，他已经迟到一天了。他已经航行了有两个星期了，说这样绕道走是为了避免纷扰，在法西斯阵地后面。这是他的专长。他说话算话，从不说谎。我说谎，但眼前没说。总之，我很累了，瞧，我厌恶我的职业，我心慌得像个混蛋，因为我在发愁，而我是不容易发愁的。

**安托尼奥** 说下去，不要冲动。

**菲列普** 他说，就是麦克斯说——可是目前他在什么地方，我真他妈的想知道——说他找到了一个地方，是个观察所，你知道。观察炮弹命中处的，说地方不准确。该处是许多观察所之一。好，他说炮击这个城市的德国炮队头头常到那里去，还有个可爱的政客，你知道这是个博物馆珍品那样的人物，他也到那里去的。因此麦克斯想，而我想他是个怪癖的人。他想得比我好。我想得快而他想得好，我们可以把这些公民们劫持过来。现在仔仔细细听着，我的上校，我一说错便纠正我。我认为他的想法很浪漫。但是麦克斯说，他是个德国人，非常实际，他到法西斯阵线后面去，快得像你刮胡须一样，要不我们该怎么个说法。好吧，他说这是完全实实际际的，所以我想——我有些像喝醉了，是长时间没有酒喝的那种醉酒——我们必须终止我们一直在进行的其他计划，暂时地，努力去把这两个人捉了来见你，我不以为这个德国人对你有实际的用处，但是他有个很高的交换价值，而这个规划，似乎对麦克斯有种吸引力。我说，这该归咎于民族主义。要是我们能捉到另一个公民，你就可以得到一些东西，我的上校。因为他是非常非常了不起的，我说的是了不起的。他，你瞧，是在城外，但是他知道城里的人。你只要使他好好开口，你便能知道谁在城里了，因为他们都和他有联系。我讲得太多了，是吗？

**安托尼奥**　菲列普，现在你去却柯特吧，像个好孩子好好喝上几杯，再去做你的工作。要是你得到什么消息，就到这儿或是打电话来。

**菲列普**　我说，我的上校，是美国话还是英国话？

**安托尼奥**　随你便。别说傻话。请你现在就去，因为我们是好朋友，而且我十分喜欢你，不过我很忙。听着，观察所是真的吗？

**菲列普**　真的。

**安托尼奥**　妙极。

**菲列普**　妙得出奇，万分万分出奇，我的上校。

**安托尼奥**　去吧，请马上去吧。

**菲列普**　我讲美国话也讲英国话吧？

**安托尼奥**　你在闹什么？去吧。

**菲列普**　那么，我就说英国话。老天，我用英国话说谎，容易得很，多可怜。

**安托尼奥**　快去，快去。

**菲列普**　是，我的上校。谢谢你这次有指示的小小谈话。我现在就去却柯特。敬礼，我的上校。

　　（他敬礼，看看他的表，下场）

**安托尼奥**　（坐在桌旁看着他。接着按了叫人铃。进来了两个

46

突击队员。他们敬礼）把刚才你们带出去的那个人再带进来，我亲自来同他谈一会儿。

（幕）

# 景二

却柯特酒吧角落里的一张餐桌上，这是你走进店门右边的第一张餐桌。店门和窗前堆着沙袋，堆到门窗的3/4高。菲列普和安妮妲坐在餐桌上。一个侍者走向餐桌。

**菲列普** 还有剩下的桶装威士忌吗？

**侍 者** 如今除了杜松子酒，什么好酒也没有了。

**菲列普** 好杜松子酒？

**侍 者** 布士牌黄杜松子酒，最好的。

**菲列普** 带点苦味的。

**安妮妲** 你不再爱我了吗？

**菲列普** 不爱了。

**安妮妲** 你跟那个大金发女人在一块是个大错误。

**菲列普** 什么大金发女人？

**安妮妲** 那个大大的金发女人，像塔那样高，大得像匹马。

**菲列普** 金光灿灿的头发像块麦地。

**安妮妲** 你犯了个错误，女人越大，错误越大。

**菲列普** 哪一点使你以为她是个那么大的？

**安妮妲** 大，是大得像坦克。等你跟她养孩子，大，是一辆史蒂培克牌卡车。

**菲列普** 史蒂培克，经你一说，就太妙啦。

**安妮妲** 对。我最喜欢那些我知道的英文字。史蒂培克。是美的。为什么你不再爱我了？

**菲列普** 我不知道，安妮妲。你明白，事情改变了。(他看看自己的表)

**安妮妲** 你是喜欢的，好。眼前还一样。

**菲列普** 我明白。

**安妮妲** 你以前喜欢过，你会再喜欢，只要试一试。

**菲列普** 我明白。

**安妮妲** 有了好东西你就不想走开了。大女人有大麻烦，我清楚。我也一直是这样的。

**菲列普** 你是个好姑娘，安妮妲。

**安妮妲** 是因为我上次咬了维农先生，他们全批评了我吗?

**菲列普** 不是，当然不是。

**安妮妲** 我告诉你，我竭力不再这样做。

**菲列普** 哦，没有人记得这些事。

**安妮妲** 你知道我为什么要这样做? 人人都知道我咬人，但是从来没有人问我为了什么。

**菲列普** 那是为什么呢?

**安妮妲** 他要从我的袜筒里拿走三百披士打。我该怎么办? 说"对，你拿吧。好吧，请你拿吗"? 不，我咬他了。

**菲列普** 你这样想? 真的吗?

**安妮妲** 真的。哦，你真好。听着，你现在不愿跟这个大金发女人错下去了。

**菲列普** 你知道，安妮妲，恐怕我得这样干，恐怕这就是我的全部麻烦。我愿意犯一个绝对的巨大错误。(他叫侍者，看看自己的表。对侍者)你的表是什么时间?

**侍　者** (看看酒吧上面的钟，又看看菲列普的表)跟你的时间一样。

**安妮妲** 会是巨大的，一定的。

**菲列普** 你不是在吃醋吧?

**安妮妲** 没有,我只是恨。昨晚上我试试去喜欢。我说好,大家都是同志。一来大轰炸,也许大家都炸死了。应该相互之间是同志,埋掉斧头不记仇,不要自私,不要自高自大,爱敌人像爱自己。全是废话。

**菲列普** 你真是妙极了。

**安妮妲** 这样的事情连一宵也过不了。今天早上我醒来,第一件事就是我恨这个女人,整天恨她。

**菲列普** 你不该这样,你知道。

**安妮妲** 她为什么要跟你在一起? 她找一个男人就像你折一朵花一样容易。她并不需要。她就是找一个男人供在自己的屋里。她喜欢你是因为你也是大的。听着,我喜欢你即使你是个矮子。

**菲列普** 不,安妮妲。不,要小心。

**安妮妲** 好好听着,我喜欢你即使你是生病的,我喜欢你即使你是干瘪的丑八怪,我喜欢你即使你是个驼背佬。

**菲列普** 驼背佬幸运得很。

**安妮妲** 我喜欢你即使你是不幸的驼背佬,我喜欢你即使你没有大钱。我要钱吗? 我去找。

**菲列普** 这是我这一行中我唯一没有干过的事情。

**安妮妲** 我不开玩笑,我认认真真。菲列普,你放弃她,回到你认为是没有问题的地方。

**菲列普** 恐怕我办不到,安妮妲。

**安妮妲** 你试试看,什么也得变。以前你喜欢,你就再喜欢。这样行得通,只要是个男子汉大丈夫。

**菲列普** 但是你瞧,我变啦,我不是故意这样的。

**安妮妲** 你没变,我知道你是好好的,我已经认识你好久了,你不是那种会变的人。

**菲列普** 男人全会变。

**安妮妲** 这不是真的。是厌倦啦，对。是要离开，对。要到处跑跑，对。是不高兴了，对。是待你不好，对。非常不好。是变吗？不是。只是换了另一种脾气，就是脾气那回事。很快就能跟别人相处得好。

**菲列普** 我会看到这一切。是的，这是对的。但是你瞧，一旦碰上本国人，这就触动你了。

**安妮妲** 并不是你的一家人，并不像你一样，是另一种血统的人。

**菲列普** 不，是同一类型的人。

**安妮妲** 听着，这个大金发女人已经使你疯了。要不了多久，你就不会看作是好的了，就不再和你现在一样，像血与油那样了。看起来是一样的，可以是血，可以是油。好吧，把油灌进身体里去，而不是放血进去。你会得到什么呢？一个美国女人。

**菲列普** 你对她不公平，安妮妲。就算她懒惰，被宠坏了，而且很愚蠢，打扮得花里胡哨，她还是很美丽，很和气，很诱人，而且很天真——又十分勇敢。

**安妮妲** 好吧。美丽？你完蛋了还要什么美丽呢？我明白你。和气？好，和气可以变成不和气。诱人？是的，是蛇对兔子那样的诱人。天真？你使我发笑。哈哈哈。天真最后证明是罪恶。勇敢？勇敢？你又使我发笑了，只要我肚子里还可以笑出来的话。勇敢？好吧。我笑。呵呵呵。你在战争里这么久干了些什么，你分不出是无知还是勇敢吧？勇敢？天呀，这——（她立起身来，拍拍臀部）所以，现在我走了。

**菲列普** 你对她太残酷了。

**安妮妲** 对她残酷？如果真是如此，我会在她躺着的床上扔颗手榴弹。我告诉你真话，昨晚上我这一切全试过了，一切牺牲，一切放弃，你知道。现在只有一种美好的健康的感觉，我恨。（她下场）

**菲列普** （对侍者）你有没有见到一位国际纵队的同志到这儿来找我？名叫麦克斯的？一位脸上在这儿裂开了的，（他把手从嘴摸到下巴）一个缺掉门牙的同志？牙床肉发黑，这是他们拿烧红的铁块烫出来的？这里还有一个疤的？（他用手指摸着下巴的下角）你见到过这样一位同志吗？

**侍　者** 他没有到这儿来过。

**菲列普** 要是有这样一位同志来，请你告诉他到旅馆里来好吗？

**侍　者** 什么旅馆？

**菲列普** 他知道什么旅馆。（起身走出，但又回过头来）告诉他，我到外面找他去了。

（幕）

# 景三

景同第一幕景三。佛罗里达旅馆中相连的109号和110号房间。屋外漆黑，窗帘拉拢。110号房内空无一人，也没有灯光。109号房则光线明亮，桌上的台灯和天花板上下垂的大灯，还有床头的床灯都打开着。电暖炉和电灶都打开着。陶乐赛·勃里琪丝穿一件高领毛衣，一条花呢裙，羊毛长筒袜和一双短马靴，正在电灶上用一只长柄炖肉锅煮食物。从拉满的窗帘后面传来远远的枪声，陶乐赛按铃。没有回音，她又按铃。

**陶乐赛**　啊，这个混蛋的电气工人！（她走到门边，开了门）贝
特拉！啊，贝特拉。

（你听到使女在过道里走过来。她走进屋内）

**贝特拉**　是，小姐？

**陶乐赛**　电气工人到哪儿去啦，贝特拉？

**贝特拉**　你不知道吗？

**陶乐赛**　不知道，怎么啦？他一定要来把电铃修理好！

**贝特拉**　他来不了啦，小姐，他已经死啦。

**陶乐赛**　你说什么？

**贝特拉**　昨晚上他在炮击中出去，被击中了。

**陶乐赛**　他在炮击中出去？

**贝特拉**　是的，小姐。他喝了点酒，他走回家去。

**陶乐赛**　可怜的小家伙。

**贝特拉**　是的，小姐，真可怜！

**陶乐赛**　他怎样被击中的，贝特拉？

**贝特拉**　有人从窗户里向他开枪，他们这样说，我不知道，这
是他们对我说的。

**陶乐赛**　是谁从窗户里向他开枪？

**贝特拉**　啊，夜里炮击的时候，他们总是从窗户里向人开枪。
第五纵队的那批家伙，那些在城里向我们开战的家伙。

**陶乐赛**　但是他们为什么要枪杀他呢？他只是个可怜的小小
的工人。

**贝特拉**　从他的衣着上，他们就可以认出他是个工人。

**陶乐赛**　当然啰，贝特拉。

**贝特拉**　那就是他们要开枪打他的原因。他们是我们的敌人，
甚至是我的敌人。如果我被打死，他们也会高兴的。他们

会想这就少了一个工人。

**陶乐赛**　但这是糟糕的!

**贝特拉**　对,小姐。

**陶乐赛**　这太可怕了。你指的是他们开枪杀人,甚至连被杀的人是谁也没有弄清楚吗?

**贝特拉**　啊,就是这样。他们是我们的敌人。

**陶乐赛**　他们是批可怕的人。

**贝特拉**　是呀,小姐!

**陶乐赛**　但是没有电气工人我们怎么办?

**贝特拉**　明天我们就可以找到一个,但是现在他们都关店了。也许你不该开那么多灯的,小姐,要不,保险丝不会断的。只要留下看得见的灯光就可以了。

（陶乐赛把灯全关了,只留下床头上的灯）

**陶乐赛**　现在我连煮东西也看不清了,但我想这也许好一些,罐头上并没说清要不要热一下。这一来也许会搞糟的!

**贝特拉**　你在煮什么,小姐?

**陶乐赛**　我也不知道,贝特拉,罐头上没有招贴纸。

**贝特拉**　（瞅了锅里一眼）看来好像是兔子肉。

**陶乐赛**　那些像兔子的是猫。但是,我不相信他们会不怕麻烦把猫肉装在罐头里,而且从巴黎长途运到这里,你想是吗? 当然,他们也许在巴塞罗那装罐头,之后再运到巴黎,再由巴黎航空运到这儿。你以为是猫吗? 贝特拉?

**贝特拉**　要是在巴塞罗那装罐头,你就说不出装的是什么了。

**陶乐赛**　啊,我对这一切讨厌极了。你接手来煮吧,贝特拉!

**贝特拉**　是,小姐。我该加些什么进去?

**陶乐赛**　（拿起一本书,躺在床上就着床头灯看）放什么都可以。随便拿个罐头好了。

**贝特拉** 是给菲列普先生吃的吗?

**陶乐赛** 要是他来的话。

**贝特拉** 菲列普先生不是什么东西都爱吃的,最好还是注意给菲列普先生加进去的东西。有一次他把整盘早餐扔在地板上。

**陶乐赛** 为什么,贝特拉?

**贝特拉** 因为他在报上看到了什么。

**陶乐赛** 大概是因为艾登吧,他恨艾登。

**贝特拉** 这还是种很粗暴的行为。我告诉他说他没有权利这样做。没有权利,我告诉他的。

**陶乐赛** 之后他干了什么呢?

**贝特拉** 他帮助我把盘里的东西拾起来,而在我弯腰时,他在我这儿打了下。小姐,我不喜欢他住在隔壁屋里。他和你教养不同。

**陶乐赛** 我爱他,贝特拉。

**贝特拉** 小姐! 别这样干。你没有像我那样给他收拾过房间和整理过床铺,我已经侍候他七个月了。小姐,他不规矩,我不是说他不是个好人,但是他不规矩。

**陶乐赛** 你意思是说他肮脏?

**贝特拉** 不,不是肮脏,肮脏是龌龊。他很干净,甚至在最寒冷的日子,他也要洗脚。但是,小姐,他不好,他不会使你快活的。

**陶乐赛** 但是贝特拉,他比任何人都使我快活。

**贝特拉** 小姐,这算不了什么。

**陶乐赛** 你是什么意思,算不了什么?

**贝特拉** 这儿每个人都能使你快活的。

**陶乐赛** 你们是个吹牛的民族。关于胜利者的一切说法,我就非听不可吗?

**贝特拉** 我只是指这儿有种不规矩的行为。好人也会犯的,是的,像跟我结婚的那个地地道道的好人,也许会有不规矩的行为。但是所有的坏人都是不规矩的。

**陶乐赛** 你的意思是你听到过他们嘴里说自己有不规矩的行为。

**贝特拉** 不是这样,小姐。

**陶乐赛** (诡秘地)你说他们真正……

**贝特拉** (丧气地)是的,小姐。

**陶乐赛** 我一个字也不相信。你认为菲列普先生真是个不规矩的人吗?

**贝特拉** (认真地)太不规矩了!

**陶乐赛** 喔,我奇怪他上哪儿去了。

(走廊里响起了厚底鞋的脚步声。菲列普和三个穿国际纵队制服的同志走进110号,菲列普开亮了灯。菲列普光着头没有戴帽子,全身透湿,样子肮脏褴褛。同志中有个是麦克斯,一脸伤疤。他满身烂泥,走进房间,就在桌前的一把椅上反坐下来,面对着椅背,把双手和下巴搁在椅背上,他的脸使人害怕。另一位同志肩上挎着一支短筒自动来复枪。再一位有支长筒毛瑟手枪,放在木盒子里,垂在腿旁)

**菲列普** 我要你们在走廊那边堵住这两个房间,任何人要见我,你就带他进来。你下面还有几个人?

**同 志** (带来复枪的)二十五个。

**菲列普** 这是进108和110号房的钥匙。(他把钥匙分给他们)把房门打开,站在门里,这样你可以监视走廊。不,最好还是每个人拿把椅子,坐在门里可以监视外面的地方。

好，走吧……同志们。

（他们敬礼后走了出去。菲列普走向一脸伤疤的那个同志。他把手搭在那个人的肩上。观众有一会儿可以看到那个人在打瞌睡，可菲列普并没有发觉）

**菲列普** 麦克斯。

（麦克斯醒过来，望望菲列普，微笑）**真有那么糟吗？**

（麦克斯注视着他，又微笑了，摇摇他的头）

**麦克斯** 没那么糟。

**菲列普** 那他什么时候来。

**麦克斯** 总在大炮击的晚上。

**菲列普** 什么地方呢？

**麦克斯** 在埃克斯特雷门杜拉路口一所屋子的房顶上，那上面有座小小的顶塔。

**菲列普** 我以为他会到咖拉毕特来的。

**麦克斯** 我也这样想。

**菲列普** 哪一天会有更厉害的炮击？

**麦克斯** 今天晚上。

**菲列普** 什么时候？

**麦克斯** 十二点一刻。

**菲列普** 你能确定吗？

**麦克斯** 看看炮弹就知道，什么都堆在外面了，而且他们都是很粗心的兵士。要是我没有这副面相，我会留在那儿，摆弄一门炮，甚至他们会把我放在参谋部门的。

**菲列普** 你在哪儿换制服的？我曾经到一两处地方去找过你。

**麦克斯** 在卡拉朋契尔的一间屋子里。那一带可以找到上百处没人占领的房屋，我想，有一百零四处，就在我们和他们的战线之间。在那儿什么也不成问题的，兵士们很年轻。要是一位军官看见我，那就不同了，一位军官便可以知道这样的脸相是从哪儿来的。

**菲列普**　眼下怎么办？

**麦克斯**　我想我们今晚上就去，为什么要等待？

**菲列普**　路上怎么样？

**麦克斯**　全是泥浆。

**菲列普**　你要多少人？

**麦克斯**　就是你跟我，或者你另外随便派一个给我。

**菲列普**　我自己去。

**麦克斯**　好极！眼下先洗个澡怎么样？

**菲列普**　妙！去吧。

**麦克斯**　还要睡一会儿。

**菲列普**　我们什么时候动身？

**麦克斯**　九点半。

**菲列普**　那就先睡一会儿。

**麦克斯**　你来叫醒我吗？

（他走进洗澡间。菲列普走进房间，关上门，敲敲109号的房门。）

**陶乐赛**　（从床上）进来！

**菲列普**　哈罗！亲爱的人。

**陶乐赛**　哈罗。

**菲列普**　你在煮什么吗？

**陶乐赛**　我煮了些吃的，可是我厌烦了。你饿吗？

**菲列普**　饿慌了。

**陶乐赛**　在那面锅里，开开电炉热一下。

**菲列普**　你怎么啦，勃里琪丝？

**陶乐赛**　你到哪儿去了?

**菲列普**　去城外了。

**陶乐赛**　干什么?

**菲列普**　溜达,溜达。

**陶乐赛**　你把我扔在这儿整整一天,自从今早上那个可怜的人被枪杀之后,你就把我扔在一边。我在这儿等了你一整天。除了泼列斯顿,就没有一个来看过我,可是泼列斯顿使人腻烦,我不得不请他走,你到哪儿去了?

**菲列普**　溜达,溜达。

**陶乐赛**　却柯特吗?

**菲列普**　对。

**陶乐赛**　你见到那个可怕的摩尔人吗?

**菲列普**　哦,见到了,是安妮妲,她要我带个好。

**陶乐赛**　提到她就恶心! 你留着她的问好吧。

（菲列普用勺子从炖锅里舀了些放在盘子里,然后尝了一口）

**菲列普**　我说,这是什么呀?

**陶乐赛**　我不知道。

**菲列普**　我说,真好极了。是你自己做的吗?

**陶乐赛**　(忸怩地)是的,你喜欢吗?

**菲列普**　我不知道你还会做菜。

**陶乐赛**　(含羞地)真的吗,菲列普?

**菲列普**　我说做得好! 但是你怎么会想到在里面放腌鱼的?

**陶乐赛**　啊,该死的贝特拉! 原来她开了另外一个罐头。

（有敲门声。进来的是经理。带自动来复枪的同志紧紧地抓住他的手臂）

**带来复枪的同志**　这个同志说要见你。

**菲列普** 谢谢你，同志，让他进来吧。

（带来复枪的同志放开经理，敬礼）

**经　理** 绝对没有事，菲列普先生，走过大厅，肚子饿的人很容易闻到一阵香气，猜到是在做菜，便停了下来，马上被同志拦住了。完全没问题，菲列普先生，绝对没有事。你自己别着急，胃口好，菲列普先生。吃得香，太太。

**菲列普** 你来得正是时候，我有东西给你。把这些拿去。

（用双手把长柄炖肉锅、菜盘、叉子和勺子都交给经理）

**经　理** 菲列普先生。不，我不能拿。

**菲列普** 集邮家同志，你一定得拿。

**经　理** 不，菲列普先生。（拿了一切）我不能解释，你使我感动得掉泪，我永远不能够。太多啦！

**菲列普** 同志，不要再多说了！

**经　理** 你在感情上把我融化了，菲列普先生，从我的心底里，我谢谢你。（他出去，一只手拿菜盘，一只手拿长柄锅）

**陶乐赛** 菲列普，我很抱歉。

**菲列普** 要是你不介意，我要点威士忌，还要一点儿白水。之后你可以开一罐老牛肉，切一片洋葱。

**陶乐赛** 但是菲列普，我受不了洋葱的气味！

**菲列普** 十之八九今晚上它不会打扰我们的。

**陶乐赛** 你意思说你不留在这儿吗？

**菲列普** 我得出去。

**陶乐赛** 为什么？

**菲列普** 跟那些伙计们。

**陶乐赛** 我知道这个意思。

**菲列普** 你知道吗？

**陶乐赛**　知道,太清楚了。

**菲列普**　鬼混去,是吗?

**陶乐赛**　可恨! 这使你浪费时间和生命的一切,既可恨又愚蠢。

**菲列普**　而我又年轻又有前途。

**陶乐赛**　你真使人不愉快,明明我们可以像昨晚一样过一个可爱的夜晚,而你却要出去。

**菲列普**　这就是我的残忍。

**陶乐赛**　但是菲列普,你可以留在这儿,你可以就在这儿喝酒,要干什么就干什么。我会高兴的,听听唱片。我也要喝点儿,即使事后头痛也可以。如果你要许多人来,我们也可以找许多人。屋子里可以吵吵闹闹,满是烟雾,你高兴怎样就怎样。你用不着出去,菲列普。

**菲列普**　来吻吻我!

（他把她抱在怀里）

**陶乐赛**　不要吃洋葱,菲列普。要是你不吃洋葱,我觉得你更实在一些。

**菲列普**　好吧,我不吃洋葱。你有番茄酱吗?

（有敲门声。拿来复枪的同志和经理又来了）

**拿来复枪的同志**　这位同志又来了!

**菲列普**　谢谢你,同志,让他进来。

（拿来复枪的同志敬礼,出去）

**经　理**　我是来告诉你开开玩笑是可以的,菲列普先生。这是种幽默感,行。（凄然地）可是吃的东西,目前不是开玩笑的,也不能糟蹋,也许,要是你想一想的话。但这是可以的,我接受这个玩笑。

**菲列普**　从这儿拿两个罐头去吧。

（从大立柜里拿两罐咸牛肉）

**陶乐赛**　那是谁的牛肉？

**菲列普**　哦，我想那是你的牛肉。

**经 理**　谢谢你，菲列普先生。这真开的一次好玩笑。哈，哈。花费太大了，是的，也许的。但是谢谢你，菲列普先生，也谢谢你，小姐。（他走了出去）

**菲列普**　瞧，勃里琪丝。（他拿双臂抱住她）不要介意，要是我今晚有些自以为是的话。

**陶乐赛**　亲爱的人，我所求的是要你今晚留在屋里，我希望我们两个能够过一种家庭生活。这儿很舒适。我可以收拾收拾你的屋子，使得它动人一些。

**菲列普**　今早上我弄得一塌糊涂。

**陶乐赛**　我会收拾好以使你喜欢住在里面。你可以找到一把舒适的椅子和一个书架，一盏读书灯，还有些画片。我真可以收拾得齐齐整整的。请你今晚留在屋里，看看这有多么好。

**菲列普**　明天晚上。

**陶乐赛**　为什么不是今天晚上呢，亲爱的人？

**菲列普**　啊，今晚是那种不安宁的夜晚，使你觉得非要出去不可，去外面混混，去找找人。而且，此外，我还有个约会。

**陶乐赛**　什么时候？

**菲列普**　十二点一刻。

**陶乐赛**　那么过后再回来。

**菲列普**　好。

**陶乐赛**　随时都可以来。

**菲列普**　真的？

**陶乐赛**　真的，请。

（他抱住她，拍拍她的头发，把她的头抬起来，吻她。地下
室里传来喊叫和唱歌的声音。之后你听到同志们在唱《游
击队之歌》，歌声不止）

**陶乐赛**　那是支可爱的歌。

**菲列普**　你简直说不出这支歌有多美。

（同志们唱起了《红旗歌》）

**菲列普**　你知道这支歌吗？（他现在坐在床上她的身旁）

**陶乐赛**　知道。

**菲列普**　我见过的最高尚的人为这支歌去赴死。

（在隔壁屋里，你可以看到破相的那个同志睡在那儿。当
他们在说话的时候，他洗完了澡，烘干了他的衣服，把衣
服上的泥土掸掉，然后在床上躺了下来。在他睡时，灯光
照射在他的脸上）

**陶乐赛**　（在菲列普身边，躺在床上）菲列普，菲列普，请你，
菲列普！

**菲列普**　你知道今晚我并不想要跟你睡觉。

**陶乐赛**　（失望）妙极，可爱得很！但是我只要你留在屋里。
只是留在屋里，享受一点儿家庭生活。

**菲列普**　我不得不去，你知道，真的。

（地下室里，同志们在唱《共产国际歌》）

**陶乐赛**　这是支他们在葬礼上吹奏的曲子。

**菲列普**　但是，他们在其他时候也唱的。

**陶乐赛**　菲列普，请你不要走！

**菲列普**　（把她抱在怀里）再见。

**陶乐赛**　不，请你，请你不要走！

**菲列普**　（站起身来）瞧，上床之前把两扇窗子全打开，好吗？
要是半夜里有炮击，你不希望有一块玻璃震碎吧。

**陶乐赛** 不要走,菲列普,请你不要走!

**菲列普** 敬礼,同志!(他没有敬礼,走进隔壁屋子。地下室里同志们又唱起了《游击队之歌》)

**菲列普** (在110房内,看着睡在那儿的麦克斯,接着把他推醒了)麦克斯!

(麦克斯立时醒来,瞧瞧四周,对着灯光眨眨眼睛,接着微笑)

**麦克斯** 时间到了?

**菲列普** 是的,要喝酒吗?

**麦克斯** (从床上起身,微笑,试试他放在电暖炉前烘烤的靴子)想得很。

(菲列普倒了两杯威士忌,又去拿凉水瓶)

**麦克斯** 不要加水糟蹋了。

**菲列普** 敬礼!

**麦克斯** 敬礼!

**菲列普** 走吧!

(幕)

(地下室里,同志们在唱《国际歌》。幕下时,陶乐赛·勃里琪丝躺在109房内的床上,双手抱着枕头。她两肩抽动,正在哭泣)

# 景四

与景三同,但已在清晨四点三十分钟。两间房都是漆黑的,陶乐赛在床上睡着。

(麦克斯与菲列普从走廊里走来,菲列普用钥匙打开110号的房门,把灯开亮。他们相互望望,麦克斯摇摇头。他们浑身

泥泞,简直难以辨认)

**菲列普** 好吧,再去一次。

**麦克斯** 我很抱歉。

**菲列普** (走进洗澡间。接着又走出来)没有热水了。我们住在这个鬼地方就是因为这儿有热水,可眼下没有!

**麦克斯** (睡意浓重)失败了,我很伤心。我很有把握他们会来的,可是他们没有来。

**菲列普** 脱了衣服睡一会儿。你真是个出色的该死的侦察员,你自己清楚,没有人干得像你那样……如果他们停止炮击,那不是你的过错。

**麦克斯** (真正完完全全累坏了)我瞌睡得厉害,我瞌睡得像生了病。

**菲列普** 来吧,我帮你上床。(他帮麦克斯脱下靴子,脱下衣服,然后把麦克斯摔在床上)

**麦克斯** 床有多好呀。(他双手抱住枕头,两腿叉开)我趴着睡,这样到早上便不会吓着人了。

**菲列普** (从洗澡间里)你占整个床吧,我到隔壁去搭个铺。
      (他走进洗澡间,你可以听到哗哗的水声。他换了睡衣和浴衣出来,打开中间的房门,从招贴画下钻过去,走近床边,爬上了床)

**陶乐赛** (在暗地里)亲爱的人,很晚了吧?

**菲列普** 差不多五点了。

**陶乐赛** (满是睡意)你上哪儿去啦?

**菲列普** 找朋友。

**陶乐赛** (实际还睡着)你们见面了吧?

**菲列普** (侧身向床边,这样他便和陶乐赛背对背了)那个人没有来。

**陶乐赛** （睡意未消，但是急于透露消息）今晚没有炮击，亲
爱的人。

**菲列普** 好！

**陶乐赛** 晚安，亲爱的人。

**菲列普** 晚安！

（你听到一架机关枪突突突的声音从窗外远处传来。他们
平静地躺在床上，接着我们听见菲列普在说话）勃里琪
丝，你睡着了吗？

**陶乐赛** （真睡着了）没有，亲爱的人。没有，如果——

**菲列普** 我要告诉你一些事情。

**陶乐赛** （瞌睡地）好，我最亲爱的。

**菲列普** 我要告诉你两件事情。我心里有恐惧和对你的爱。

**陶乐赛** 哦，可怜的菲列普。

**菲列普** 我从来没有告诉人说我恐惧，我也从来没有对人说
过我爱他们。但1是我爱你，瞧，你听见我的话吗？你感觉
到我吗？你听见我说的话吗？

**陶乐赛** 啊，我永远都是爱你的，你让人感到很舒服，就像是
一种大风雪，如果雪不冷而且不化的话。

**菲列普** 白天我不爱你，在白天我什么也不爱。听着，我要讲
些别的事情。你会和我结婚，永远和我住在一起，或是跟
我到随便什么地方去，做我的情人吗？听见我说的吗？我
说了，瞧。

**陶乐赛** 亲爱的人，我愿意和你结婚。

**菲列普** 嘎。我在夜晚说些可笑的事情，不是吗？

**陶乐赛** 我愿意我们结婚，努力工作，有一个美好的生活。你
知道我并不像我说话那样愚蠢，否则我就不到这里来了。
而你不在的时候，我还在工作。我只是不会做饭。在一般

的情况下，你可以雇个人做饭。哦，你呀。我爱你这副宽大的肩膀，走起路来像只猩猩，还有一张滑稽的脸相。

**菲列普** 有朝一日我干完这一行，我的脸还要更滑稽一些。

**陶乐赛** 你心里的恐惧好了些吗，亲爱的人？你愿意告诉我这些恐惧吗？

**菲列普** 啊，让这些恐惧见鬼去吧。长期以来我就有这些恐惧，如果这些恐惧消失了，我心里反倒会觉得丢了些东西。让我再告诉你一件事情。（他说得很慢）我愿意和你结婚，离开这儿，不再管这儿的一切。我说过这样的话吗？你听见我说过这样的话吗？

**陶乐赛** 好，亲爱的人，我们会这样的。

**菲列普** 不，我们不会这样的。即使晚上躺在床上，我也知道不会这样的。但是我喜欢这样说说。喔，我爱你。上帝诅咒，上帝诅咒，我爱你。你有世上最可爱的见鬼的身体，我崇拜你。你听见过我说这些话吗？

**陶乐赛** 是呀，我的心上人，但是你说我的身体说得不对。这不过是看得过去的身体，可是我喜欢你这样说。现在告诉我你的恐惧吧，也许这些恐惧会消散的。

**菲列普** 不。每个人都有自己的恐惧，我不愿意让这些恐惧传开去。

**陶乐赛** 我们该睡会儿吧，我大大的可人儿？你这场千古大风雪。

**菲列普** 现在差不多天亮了，我又恢复了理智。

**陶乐赛** 请你睡一会儿吧。

**菲列普** 听呀，勃里琪丝，让我说说别的一些事情。目前天已经亮了。

**陶乐赛** （安抚的声音）是的，亲爱的人。

**菲列普**　如果你要我睡觉,勃里琪丝,拿槌子在我脑袋上敲一下吧。

（幕）

# 第三幕

## 景一

时间:五天以后,下午。还是在佛罗里达旅馆第109号和220号房内。

景同第二幕第三景,但两室之间的房门打开着,招贴画的下端飘动着。菲列普室内,床边的床头柜上摆着一只花瓶,满插着菊花。靠床右边沿着墙壁放着一只书柜,还有用印花布做套子的几把椅子。窗户上挂着窗帘,也是用印花布做的,床上白被单上盖着一床罩被。所有的衣服都整整齐齐地挂在衣架上,三双菲列普的靴子,上了鞋油擦得亮锃锃的,正由贝特拉放进壁柜里去。陶乐赛,在隔壁109房间里,正在镜前试穿一件银狐披肩。

**陶乐赛**　贝特拉,请你到这里来!

**贝特拉**　（在放靴子,把她瘦小老态的身体站直了)是,小姐。

　　（转身到109号房的正门,在进门之前,在门上敲了几下,然后双手握在一起)哦,小姐,这真是美!

**陶乐赛**　（侧着头从肩上望着镜内)这儿不合适,贝特拉。我不知道他们怎样做的,总之不合适!

**贝特拉**　看来真可爱，小姐！

**陶乐赛**　不，领子上总有点儿不对。我的西班牙话说得不够
好，没有办法给那个笨蛋毛皮匠说清楚。他是个笨蛋。

（你听到有人从大厅里走过来，这是菲列普。他打开110
号的房门，四周望望。他脱下皮革外衣，随手扔在床上，
把贝雷帽抛向屋角的衣架。帽子掉在地上。他在一把有印
花布罩子的椅子上坐下，脱掉他的靴子，把它们放在屋中
央的地板上，还滴着水，随后走向床边。他拿起床上的
皮革外衣，扔在椅上，上衣散开地堆在那儿。之后他便躺
在床上，从罩被下面抽出几个枕头垫在头下，随手开亮床
头灯。他伸手向床边把床头柜的柜门打开，拿出一瓶威士
忌，倒在一只玻璃杯里，还加上凉水；这杯子原先是口朝
下套在凉水瓶颈上的。他左手拿玻璃杯，另一只手伸向书
柜，拿了一本书。他向后躺了一会儿，一动也不动，接着耸
耸肩头，不舒适地扭动着身子。最后，他从腰带下面抽出
一支手枪来，顺手放在身边的罩被上。他抬起双膝，喝了
第一口酒，开始读书）

**陶乐赛**　（从隔壁房里）菲列普，菲列普，亲爱的人！

**菲列普**　是呀。

**陶乐赛**　请你到这儿来。

**菲列普**　不，亲爱的。

**陶乐赛**　我要给你看样东西。

**菲列普**　（看着书）拿到这边来。

**陶乐赛**　好吧，亲爱的人。

（她最后一次在镜里看看披肩。她穿了披肩显得十分漂
亮，而且衣领部分也不见得有差错。她穿着披肩十分骄傲
地走进房来，像模特儿一样地转动身体，显得十分优美和

68

典雅)

**菲列普** 你从哪里弄来的?

**陶乐赛** 我买的,亲爱的人。

**菲列普** 用什么买的?

**陶乐赛** 披士打。

**菲列普** (冷冷地)很漂亮。

**陶乐赛** 你不喜欢吗?

**菲列普** (还在瞪着披肩)十分漂亮。

**陶乐赛** 干什么呀,菲列普?

**菲列普** 没什么。

**陶乐赛** 你不乐意我有什么东西打扮得好看一些吗?

**菲列普** 那全是你的事情。

**陶乐赛** 但是,亲爱的人,这很便宜。这些狐皮每只不过花一千二百披士打。

**菲列普** 在国际纵队里,相当于一个人一百二十天的工资。想一想,要四个月。我不相信我认识的人可以在前线呆四个月而不受伤——或是死去的。

**陶乐赛** 但是,菲列普,这跟国际纵队并没有什么关系。这些钱是我在巴黎用一块美元比五十个披士打买来的。

**菲列普** (冷冷地)真的吗?

**陶乐赛** 真的,亲爱的人。而且如果我乐意,为什么我不能买狐皮呢?总有人会去买的,放在那儿就是为了出售的,而且一张皮子还不到二十二美元。

**菲列普** 妙极了,是吗?一共要几张狐皮?

**陶乐赛** 约莫十二张。哦,菲列普,不要发火。

**菲列普** 你利用战争很占了些便宜,不是吗?你怎样把披士打偷带进来的?

**陶乐赛**　放在"扪"牌狐臭药的瓶子里。

**菲列普**　"扪"牌狐臭药,哦,是的,"扪"牌狐臭药。就是这个"扪"字,狐臭药把披士打的臭气都扪住了吗?

**陶乐赛**　菲列普,你装扮得太像个正人君子了!

**菲列普**　我想我在经济上是很像正人君子的。我不认为即便是"扪"牌狐臭药,或是女人们用的其他可爱的东西——什么阿塞林脚气水,会把黑市交易所里的披士打的污迹洗掉。

**陶乐赛**　要是你对这披肩还不高兴,我就离开你。

**菲列普**　好极了!

**陶乐赛**　(走向房外,但在门口又转过身来恳求似的)但是不要不高兴。讲点道理,对我买这样一件披肩高高兴兴。你知道在你回来之前,我干了些什么? 我想着要是这个时候在巴黎,我们该能做些什么。

**菲列普**　巴黎?

**陶乐赛**　天正在黑下来,我在丽地酒吧跟你相会,而我就是穿着这件披肩。我坐在那儿等候你。你走进来,穿着一件双排纽扣的近卫军大衣,裁剪合身,戴一项圆顶礼帽,还拿着一根手杖。

**菲列普**　你一直在看那本美国的《老爷》杂志。你不应该看杂志里说的话,你知道,你只应该看看里面的图画。

**陶乐赛**　你要了一杯彼利尔威士忌,我要了一杯香槟鸡尾酒。

**菲列普**　我不喜欢。

**陶乐赛**　什么?

**菲列普**　这个故事。要是你要做白日梦,就不要把我算在里面,行吗?

**陶乐赛**　这不过说说玩儿,亲爱的人。

**菲列普**　那么，我不要再玩儿了。

**陶乐赛**　但是你玩过，亲爱的人，而且我们玩得很有趣。

**菲列普**　眼下不要把我算在内。

**陶乐赛**　但是我们不是朋友吗？

**菲列普**　哦，对，你在战时跟各种人交朋友的。

**陶乐赛**　亲爱的人，请不要再说了！我们不是情人吗？

**菲列普**　哦，那个吗？哦，当然是的。当然啰，为什么不是呢？

**陶乐赛**　不是我们要一起去，住在一块，过过称心的日子，快快活活吗？就像你在晚上说的一样吗？

**菲列普**　不，几万个倒霉的年月里也不会有的。永远不要相信我在夜晚说的话，我在夜晚撒谎撒得像魔鬼。

**陶乐赛**　但是为什么我们不能做你夜晚所说的要做的事情呢？

**菲列普**　因为我眼前所做的事情，不能和你继续下去，同住在一起，过着称心可爱的时光，而且快快活活。

**陶乐赛**　但是为什么不能呢？

**菲列普**　因为，主要是我发现你闲不住。其次，跟其他许多事情相比，这不是最重要的。

**陶乐赛**　但是你从来就闲着。

**菲列普**　（他发现自己话说得太多了，但还是继续说下去）不。但是战争一结束，我要使自己循规蹈矩，把我身上的那种无政府主义的习气，完全改掉。我可能会被派回去做拓荒的工作，或者诸如此类的工作。

**陶乐赛**　我不理解。

**菲列普**　就因为你不理解，而且永远不会理解，这就是我们不能继续下去，同住在一起，过着可爱的时光，而且快快活活的理由。

**陶乐赛**　啊，这比骷髅党还坏。

**菲列普**　看在上帝面上，什么是骷髅党？

**陶乐赛**　这是个秘密组织，有一个人曾经属于这个组织，幸而我有足够的智慧，没有跟他结婚。这组织很高超，而且很好，很值得，他们在你结婚之前把你介绍进去，把一切都告诉你。可是他们和我一谈，我就把婚约取消了。

**菲列普**　那是个最最好的先例。

**陶乐赛**　但是我们眼下难道不能这样继续下去吗？只要我们相亲相爱，我指的是即使我们不能永远在一块，而是和和气气，享受我们已有的一切，不再委委屈屈。

**菲列普**　要是你喜欢这样。

**陶乐赛**　我喜欢。

（她从门口走了过来，他们谈话时，她就站在床边。菲列普抬头看她，接着也站了起来，把她抱在怀里，把陶乐赛连同银狐一起举起来放在床上）

**菲列普**　这些狐皮使你感到又细又软。

**陶乐赛**　也没有臭气，有吗？

**菲列普**　（他把脸埋在她肩上的狐皮里）不，一点也没有。你贴着狐皮感到舒服。我爱你，我什么也不管了，我说到做到。而现在不过是下午五点半钟。

**陶乐赛**　我们既然相爱，我们就享受一切，我们不能吗？

**菲列普**　（毫无愧色）这些狐皮真太好啦，我高兴你去买了来。

（他紧紧地搂着她）

**陶乐赛**　我们只有这一点儿时间，我们就享受。

**菲列普**　是的，我们就享受吧。

（有人敲门，门把转动，麦克斯进来。菲列普离开了床。陶

72

乐赛还是坐在床上)

**麦克斯**  我打搅了吧? 是吗?

**菲列普**  没有,一点也没有。麦克斯,这位是美国同志。勃里琪丝同志。麦克斯同志。

**麦克斯**  敬礼,同志。

（他走向床边,陶乐赛还坐在那里,他伸出手来。陶乐赛和他握手,眼睛向别处瞧着）

**麦克斯**  你在忙着? 是吗?

**菲列普**  不忙,一点也不忙。你要喝酒吗,麦克斯?

**麦克斯**  不要,谢谢你。

**菲列普**  （说西班牙话）Nay Novedade。

**麦克斯**  （说西班牙话）AlguNas。

**菲列普**  你不要喝一杯?

**麦克斯**  不要,非常感谢你。

**陶乐赛**  我走了,别让我打扰你们。

**菲列普**  你没有必要走。

**陶乐赛**  你过一会儿来吧,也许。

**菲列普**  一定来。

**麦克斯**  （非常有礼貌地）敬礼,同志。

**陶乐赛**  敬礼。（她把两室中间的门关上,然后从正门出去）

**麦克斯**  她是个同志吗?

**菲列普**  不是。

**麦克斯**  但是你介绍她是同志。

**菲列普**  只是一种称呼而已,在马德里,你叫哪一个都是同志,所有的人可以说是为了同一目标在工作。

**麦克斯**  这样称呼并不好。

**菲列普**  是,我想也不好。我似乎记得有一次我自己也这样说过。

**麦克斯**　这位姑娘，你怎样叫她的？勃里琪丝？

**菲列普**　勃里琪丝。

**麦克斯**　你对她很认真吗？

**菲列普**　认真？

**麦克斯**　是的，你知道我是什么意思。

**菲列普**　我可不这样想，你可以说她有些可笑，有那么一点
　　　　儿。

**麦克斯**　你和他花费很多时光吗？

**菲列普**　不多也不少。

**麦克斯**　谁的时光？

**菲列普**　我的时光。

**麦克斯**　从来不是党的时光吗？

**菲列普**　我的时光就是党的时光。

**麦克斯**　这才是我的想法，我很高兴你很快理解这一点。

**菲列普**　哦，我是理解得很快的。

**麦克斯**　不要对既不是你的也不是我的事情发火。

**菲列普**　我没有发火，但是我认为不该做个该死的和尚。

**麦克斯**　菲列普，同志，你从来也不像是个该死的和尚。

**菲列普**　不是吗？

**麦克斯**　也从来没有任何人希望你做个和尚。

**菲列普**　没有。

**麦克斯**　唯一的问题是什么在妨碍你的工作。这位姑娘——
　　　　她是从哪里来的？她是什么背景。

**菲列普**　去问她自己。

**麦克斯**　那么，我想我不得不去问问。

**菲列普**　我不是一直在规规矩矩工作吗？有人在责难吗？

**麦克斯** 这之前,没有人责难。

**菲列普** 现在又有谁在责难呢?

**麦克斯** 现在我在责难。

**菲列普** 是吗?

**麦克斯** 是的,我该在却柯特和你见面。要是你不在那里,你就该留话给我。我准时到了却柯特,那里并没有你留的话。我到这里来却看到你抱着一堆银狐皮。

**菲列普** 你从来也不想要这些吗?

**麦克斯** 哦,想要的,我随时都想要。

**菲列普** 那么你怎么办?

**麦克斯** 有时候我有空闲,而且也不累,我就找一个可以给一些小小的什么的人,而且她装着什么也没有看见的样子。

**菲列普** 你随时都想这样吗?

**麦克斯** 我非常喜欢,我不是个圣人。

**菲列普** 可是有圣人的。

**麦克斯** 有的。有些人却不是的。只不过我老是非常忙。眼下我们谈另外的吧。今晚我们再去一次。

**菲列普** 好。

**麦克斯** 你愿意去吗?

**菲列普** 瞧,我可以同意你对于这位姑娘的意见,如果你要我这样做,但是不要侮辱我。在工作上不要来压我。

**麦克斯** 这姑娘没有问题吗?

**菲列普** 哦,没问题! 她对我说来也许不太好,正如你说的我也许在浪费时间。但是她很坦率。

**麦克斯** 你可以确定? 你必须记得我从来没有看见过那么多的狐皮。

**菲列普** 她是个大浑球,但是她和我一样坦率。

**麦克斯** 你现在还坦率吗?

**菲列普** 我希望如此。不坦率时你会显在脸上吗?

**麦克斯** 哦,是的。

**菲列普** 那么我显得怎么样?

(他在镜子里轻蔑地打量自己。麦克斯瞧着他,慢慢地笑开了,点点他的脑袋)

**麦克斯** 对我来说,你看来很坦率。

**菲列普** 你要进那屋里去查问她的背景吗?

**麦克斯** 不要。

**菲列普** 她跟那批带着一些钱到欧洲来的美国姑娘们有着同样的背景。她们都是一样的。露营上大学,家里有钱,现在大概已花了不少,现在几乎没有多少钱了,男人爱,打胎,野心,最后就是结婚,定居下来,或是不结婚而定居下来。她们开店铺,或是在店铺里工作,有的人写东西,有的人玩乐器,有的人上舞台,有的人拍电影。她们有个青年联盟的组织。我想是那些处女在工作,全是为了公众的利益。这位姑娘是写东西的,也写得不错,在她不偷懒的时候。要是你乐意你可以去问她这一切。虽然是很乏味的事情,我告诉你。

**麦克斯** 我没有兴趣。

**菲列普** 我原以为你是有兴趣的。

**麦克斯** 不。我考虑过了,我交给你自己去办。

**菲列普** 去办什么?

**麦克斯** 关于这位姑娘的一切。照你应该做的去对付。

**菲列普** 我对自己却没有太多的信心。

**麦克斯** 我对你有信心。

**菲列普** (辛酸地)我没有太多的信心。有时候我就是他妈的太累了。对于这一切该死的事情，因此我憎恨这工作。

**麦克斯**　当然啰。

**菲列普**　是的。现在你来把我说服吧。我那天杀害了这个倒霉的韦尔金森，就是由于疏忽大意。别说我不是这样的。

**麦克斯**　眼下你胡说八道。但是你没有做到你应该有的小心谨慎。

**菲列普**　他被杀害是我的过失。我把他留在屋里，坐在我的椅子上，而且也没有关上房门。那不是我应该使用他的地方。

**麦克斯**　你不是有意留他在那儿的。如今事情已经过去了，你就不用再想它了。

**菲列普**　不——就是由于疏忽大意而布下了一个死亡的陷阱。

**麦克斯**　无论如何他以后也可能会被杀死的。

**菲列普**　哦，对了，当然会的。这么一说那就太妙了，不是吗？这完全冠冕堂皇。我倒没有这么想过。

**麦克斯**　我以前也看见过你情绪低落，我知道你会再恢复过来的。

**菲列普**　是的。但是你知道我恢复过来是怎么样的吗？我要喝几打酒，我还要找几个婊子。我会开开心的。这就是你认为我恢复过来了。

**麦克斯**　不对。

**菲列普**　但是这一切我已经腻烦了。你知道我喜欢到哪儿去？要到像里维拉的圣·特罗贝兹的那种地方去。早上醒来没有血腥的战争，一杯兑上纯牛奶的咖啡……还有用新鲜草莓酱做的蛋糕和火腿蛋，全放在一只托盘里。

**麦克斯**　还有这位姑娘？

**菲列普**　是的，还要有这位姑娘。你真他妈的说得对，这位姑娘，银狐皮和一切。

**麦克斯**　我告诉过你她对你没有好处。

**菲列普**　或是对我有好处，我干这一行太久了，我他妈的厌极了，厌倦所有的一切。

**麦克斯**　你干这一行是为了每个人可以有这样好的早餐。你干这一行是为了人们不再害怕生老病死，这样他们才能有尊严地生活与工作，而不是像奴隶那样。

**菲列普**　是的，当然，我明白。

**麦克斯**　你如果知道为什么要这样干，即使你有小小的动摇，我可以理解。

**菲列普**　这一次真是个大大的动摇，我动摇好久了，自从我看见这位姑娘之后。你不知道它们会对你起什么作用。

　　（这时有炮弹呼啸而过和在街头爆炸的声音，你听到一个孩子的惨叫，起初是高声，随后变得又短又尖并逐渐细了下来。你听到人们在大街上奔跑。另一颗炮弹呼啸而来。菲列普把窗门打开。在炮弹爆炸之后，又可以听见人们在奔跑）

**麦克斯**　你干这工作，就是为了永远中止这一切。

**菲列普**　下流！他们就算准电影院散场的时候炮击。

　　（又一颗炮弹飞来，爆炸了，你听到一只狗狂吠着穿过街道）

**麦克斯**　你听到吗？你为了所有人工作，你为了孩子们工作，有时，你甚至为狗工作。过去瞧一会儿你的女朋友吧，她现在需要你。

**菲列普**　不，让她自作自受吧。她有她的银狐皮。去他的。

**麦克斯**　不，现在去吧，她现在需要你。

（又一颗炮弹呼啸而来，在街上爆炸了。这之后既没有奔跑也没有喧闹的声音了）

**麦克斯** 我在这儿躺一会儿。去看看她吧。

**菲列普** 好吧，一定去。照你的话办，你说什么我就干什么。

（他向房门走去，打开门，这时又一颗炮弹飞来，落在地上，嗖的一下爆炸了，这次离旅馆较远）

**麦克斯** 这只是一次小炮击，大炮击要在今晚上才来。

（菲列普打开隔壁的房门。穿过房门，你听见菲列普用没精打采的声音在说话）

**菲列普** 勃里琪丝，你好吗?

（幕）

# 景二

埃克斯特雷门杜拉路头上的一所被炮火击毁的屋内，是一处炮队的观察哨。

瞭望所设在一间以前布置华丽的房屋的顶塔里，通向这处顶塔的是一架梯子，替代原有的盘旋而上的铁扶梯，这座扶梯已经被炮弹击毁了，断梯支离破碎地挂在那里。你看到靠在顶塔下的梯子，上面就是面向马德里的观察哨。

现在是晚上，堆在窗户前面的沙袋已经被搬开，从窗户望出去除了黑暗之外，不见一物，因为马德里的灯都已熄灭了。墙上挂着很大比例的军用地图，上面用有色的图钉和纸带标出一些军事目标，在一张空荡荡的桌上放着一架军用电话机。桌子右手的墙头缺口处，支着一具德国式的大型长单筒测距仪，旁边放着一把椅子。另一个缺口处，支着一具普通大小的双筒测距仪，座子旁边也有把椅子。屋右手另外有张空荡荡的桌子，上面也有一具电话机。梯子旁边站着哨兵，枪上上着刺刀，在梯顶的屋里，另有一个哨兵，这间屋子的高度，只能容纳一个哨兵直立着，加上他的来复枪和刺刀。幕启时，你看到上述的布置，有两个哨兵站在他们的岗位上，两个信号员伏在大桌上。幕拉开时，你看到一辆摩托车的灯光正明晃晃地照在顶塔下面的梯子上。这灯光越来越近，差不多使哨兵睁不开眼来。

**哨　兵**　把灯熄掉！

　　（灯光仍然照耀着，用使人睁不开眼的光亮，照射着哨兵）

**哨　兵**　（举起枪来，拉开枪机，咔嚓一声向前推了出去）熄灯！

　　（他说话缓慢、清楚而凶狠，显然是要开枪了。灯光熄灭了，出来三个人，两个人穿着军官制服，一个又高又大，另一个则比较瘦小而显得时髦，穿着一双马靴，正对着大高个，手中握着的电筒闪闪发光，第三个是公民装。他们从舞台外面的汽车上下来，穿过舞台，走近梯子）

**哨　兵**　（喊出口令的上半句）胜利——

**瘦小军官**　（又急怒又轻蔑）属于应得的人们。

**哨　兵**　通行。

**瘦小军官**　（面对公民）就从这儿爬上去。

**公　民**　我以前来过的。

　　（三个人都爬上梯子。梯顶上的哨兵看到大高个军官的帽徽，便举枪敬礼；信号兵则坐在电话机旁不动。大高个军官走向桌子边，后面跟着公民和那个穿着光亮马靴的军人，他显然是位副官）

**高大军官**　这批信号兵怎么啦？

**副　官**　（向信号兵）快！站起来敬礼！你们怎么啦？（信号兵

无精打采地敬礼）稍息!

（信号兵重又坐下。高大军官查看着地图。公民在测距镜里观望着，在黑暗中看不到什么）

**公　民**　今晚半夜有炮击吗?

**副　官**　什么时候开始炮击，长官?

**军　官**　（带点德国口音）你的话太多!

**副　官**　对不起，长官，您要看一下这些东西吗?

（他递给高大军官一束誊清的命令。军官接过去看了一眼，把文件递回给副官）

**军　官**　（沉浊的嗓音）这些我全熟悉，都是我自己写的。

**副　官**　是，长官，我想也许您要亲自过目一下。

**军　官**　我早已核实过。

（一个电话机的铃响了，桌旁的信号兵拿起听筒）

**信号兵**　是。没有。对。是。（他向高大军官点头示意）您的电话，长官。

**军　官**　（拿起话筒）哈罗。是的。没有错。你是个笨蛋吗?不必，照命令办。齐射就是齐射。（挂上话筒，然后看看自己的表，向副官）你的表是什么时候?

**副　官**　十二点差一分，长官。

**军　官**　我这儿在跟笨蛋打交道。你不能说你是在指挥，这儿连军纪都没有。一位将军进门，信号兵却坐在桌旁不动，炮队又要求解释命令。你刚说的是什么时间?

**副　官**　（看一下自己的表）十二点差三十秒，长官。

**信号兵**　炮队打来了六次电话，长官。

**军　官**　（点燃一支雪茄烟）什么时间?

**副　官**　差十五，长官。

**军　官**　什么差什么十五?

**副 官** 十二点差十五秒，长官。

（你听到炮击。炮击声和射过来的炮弹声完全不同。先是一阵尖锐的爆炸嘭、嘭、嘭、嘭，好似一只铜鼓在扩音机前短促地敲打着。接着是忽许，忽许，忽许，忽许，啾，啾，啾，啾，啾，啾——啾——跟着炮弹的飞射，远处就接着一阵爆炸声。另外一个较近较响的炮队开始射击了，而且是全线展开了急促的撞击巨响，空气中充满了被送出去的炮弹呼啸。通过敞着的窗户，你看得到被炮火点亮的马德里天际。高大的军官站在那架大型测距仪前，公民站在双管测距机前，副官则从公民的肩后探首向前观望）

**公 民** 老天，多美的景色！

**副 官** 今晚我们该大大杀他们一阵，这批马克思杂种，这回捣了他们的老窝。

**公 民** 这真是好看。

**军 官** 满意吗？（他两眼不离测距仪地说着）

**公 民** 真美丽！这将持续多久？

**军 官** 我们要给他们一小时，然后休息十分钟，再打它十五分钟。

**公 民** 炮弹不会落到沙拉孟卡区域吧，会吗？我们的人几乎都在那边。

**军 官** 少数几个将会落在那边。

**公 民** 那为什么？

**军 官** 西班牙炮队的过错。

**公 民** 为什么是西班牙炮队呢？

**军 官** 西班牙的炮队不及我们的准确。（公民不吱声。炮火继续射击，虽然已不如开始时那般猛烈。那里传来一阵炮弹射进来的急促声，然后一声轰隆，一颗炮弹落在瞭望哨的贴近处）他们回击了一下。

（瞭望哨内灯光全熄灭，除了炮火的反射和梯子下哨兵吸烟的火星。当你细看时，纸烟的火星正在黑暗中划了一个半弧形，观众清楚地听到哨兵笨重的倒地声。你又听到轰轰两声响。另一枚炮弹以同样急促的尖叫声飞进来，炮弹爆炸时你在闪光里看到两个人爬上了梯子）

**军　官**　（边看着测距仪边说着话）给我挂珈拉毕特。

（信号兵摇电话，又摇一次）

**信号兵**　原谅，长官，电线断了。

**军　官**　（对另一个信号兵）给我接师部。

**信号兵**　没有电话线，长官。

**军　官**　派个人去找你的线路！

**信号兵**　是，长官。

（他从黑暗中站起来）

**军　官**　那个人怎么吸起烟来了？这算什么军队，是卡门歌剧里的吗？

（你能看到梯子顶上的哨兵将嘴里的纸烟划出一道长长的抛物线，好像烟头向地上扔去那样，当时就听到人体重重掉地的声音。一道手电筒的光线照亮了测距机旁的三个人和两个信号兵）

**菲列普**　（从梯子顶上一扇敞着的门里说话。用低低的镇静的声音）举起你们的双手，别出洋相装英雄，要不就打死你们！（他握着一支短短的自动来复枪，当他攀登梯子时枪就斜挂在背上）我说的是你们五个人！叫他们全呆在上边，你这个胖杂种！

**麦克斯**　（右手握着手榴弹，左手拿着手电筒）你们要是吱一声，乱动一下，每个人都得死。你们听见没有？

**菲列普** 你要逮哪一个？

**麦克斯** 只要那个胖子和公民，把余下的人都捆起来。你带了
胶布吗？

**菲列普** 有。

**麦克斯** 你看，我们全是俄国人，在马德里人人是俄国人！
快，同志，用胶布封住他们的嘴，因为我们走之前我得扔
这个玩意儿，你们看撞针已经拉出来了！

（幕未放下前，菲列普握着短短的自动来复枪，向这批人
前进一步，他们苍白的脸照耀在手电的光线里。下面和屋
子的外边传来喊声——"闭了那亮光！"）

**麦克斯** 行，兵士，就一分钟。

（幕）

# 景三

幕徐徐开启时你可以看到保卫局总部与第二幕景一的同一
间屋子。保卫委员安托尼奥坐在桌子后面，菲列普和麦克斯浑
身泥泞、疲惫至极地坐在椅上。菲列普依旧背着那支短短的自
动来复枪。瞭望哨来的公民丢了他的贝雷帽，他的上衣背部撕成
两片，一只衣袖奔拉下来，站在桌子前面，身边左右各站一名突
击队员。

**安托尼奥** （向突击队员）你们走吧！

（二人行军礼自右边下，背后挂着来复枪）

**安托尼奥** （向着菲列普）还有一个怎么啦？

**菲列普** 我们回来时丢失了他。

**麦克斯** 他实在太重，他又不肯走路。

**安托尼奥** 这本来是一次出色的俘获。

**菲列普** 干这种事你不能像在电影里似的。

**安托尼奥** 尽管如此，我们还是可以把他弄来的！

**菲列普** 我给你画一张简图，你可以派人上那儿去找他回来。

**安托尼奥** 是吗？

**麦克斯** 他当兵出身，他是永远不肯开口的。我就很想审问他，但这样做毫无用处。

**菲列普** 我们先把这儿的事办完了，我给你画一张简图，你就可以派人去把他找回来。没有人搬得动他，我们把他留在一个很妙的地方。

**公　民** （以歇斯底里的声调叫喊）你们把他谋杀了！

**菲列普** （轻蔑地）住口，行吗？

**麦克斯** 我能保证，他怎么样也不会开口的，我了解这种人。

**菲列普** 你看，我们没有想到会同时抓到这两名猎手，而另外一名尺码太大，最后他还不肯走路，他做出了好像静坐罢工似的举动。而我也不知道你以前有没有夜里从那边走回来过，那里有几处特别难走的地方。所以你看我们对这件事连一个他妈的选择的余地都没有。

**公　民** （歇斯底里大发作）你们因此杀了他！我亲眼看见你们干的。

**菲列普** 你安静一下，行吗？没有人问过你的意见。

**麦克斯** 你现在还需要我们吗？

**安托尼奥** 不需要了。

**麦克斯** 我看我还是走我的。我不太喜欢这种事，这要记忆的事太多。

**菲列普** 你还要我吗？

**安托尼奥** 不。

**菲列普** 你不用发愁，你能得到所要的一切——像名单、地点，一切一切。这家伙就是管这些的。

**安托尼奥**　是。

**菲列普**　你也不用怕他不说话，他是个爱叨叨的家伙。

**安托尼奥**　他是个政客，对，我跟许多政客说过话。

**公　民**　（歇斯底里起来）你可永远不能叫我说话！永不！永不！永不！

（麦克斯和菲列普相对而看——菲列普咧嘴一笑）

**菲列普**　（非常冷静）你现在就在说了，你自己还没注意到吗？

**公　民**　不！不！

**麦克斯**　如果事情就这样，我走啦。（他站了起来）

**菲列普**　我也该走啦，我想。

**安托尼奥**　你们都不准备留下来听听吗？

**麦克斯**　对不起，不必了。

**安托尼奥**　那会是很有趣的。

**菲列普**　问题是我们太累啦。

**安托尼奥**　那将是很有趣的。

**菲列普**　明天我再来。

**安托尼奥**　我实在愿你们留下来。

**麦克斯**　请别那样。如果你不在乎，就照顾我们一次。

**公　民**　你们要把我怎么样？

**安托尼奥**　不怎么样。只要你回答几个问题。

**公　民**　我永远不开口。

**安托尼奥**　哦，会的，你会的！

**麦克斯**　原谅，请原谅，现在我走了。

（幕）

# 景四

景同第一幕第三景，时间是黄昏。幕启时，你看到两间卧室。陶乐赛·勃里琪丝的房间暗无灯光，菲列普的屋子亮着，窗帘拉拢着。菲列普脸朝下趴在床上，安妮妲坐在床边的椅子上。

**安妮妲**　菲列普!

**菲列普**　（既不翻身也不瞧她）什么事儿?

**安妮妲**　请你，菲列普。

**菲列普**　请你妈的什么?

**安妮妲**　威士忌在什么地方?

**菲列普**　床底下。

**安妮妲**　谢谢你。（她向床下看了一回，然后一半身子爬进床下）找不到。

**菲列普**　衣柜里找一下，又有人进这屋子来打扫过了。

**安妮妲**　（走到衣柜前打开柜门，她仔细往里瞧）都是空瓶子。

**菲列普**　你倒真像个小侦察。到这边来。

**安妮妲**　我要找瓶威士忌。

**菲列普**　床头柜里找一找。

（安妮妲走到床头柜边，打开柜门——她取出一瓶威士忌。到浴室里找了一只玻璃杯，把威士忌倒进杯子里，然后从床边的冷水瓶里加一些水到酒里）

**安妮妲**　菲列普，喝这个会感觉好些。

**菲列普**　（坐起身来，瞧着她）哈罗，黑美人，你怎么进来的?

**安妮妲**　拿旅馆的钥匙。

**菲列普**　哦。

**安妮妲** 我看不见你，我大大担忧。我到这儿来他们说你在房里。我敲门没有回音，我再敲，还是没有回答。我说用旅馆钥匙给我开门。

**菲列普** 他们照办了。

**安妮妲** 我说是你叫我来的。

**菲列普** 我叫了吗？

**安妮妲** 没有。

**菲列普** 不过既来了倒是你的心意。

**安妮妲** 菲列普你还跟那个大金发女人一起？

**菲列普** 我也不知道。我有点搞糊涂了，事情愈来愈复杂。每天夜晚我向她求婚，而每天早晨我又告诉她我不是存心的。我想也许，事情不能就这么下去了，不能，事情不能那样继续下去。

（安妮妲坐到他的身边，用手轻轻拍他的脑袋，向后理平了他的头发）

**安妮妲** 你感觉很不好，我明白。

**菲列普** 你要我告诉你一个秘密吗？

**安妮妲** 要。

**菲列普** 我从来没有像现在这样难受过。

**安妮妲** 是失望吧。我以为你要告诉我怎样把第五纵队的人都捉到了。

**菲列普** 我没有捉他们，只捉到一个人，而且是个叫人恶心的家伙。

（有人在敲门。经理进来）

**经　理** 深深请原谅，要是打搅了——

**菲列普** 说话干净些，你明白，在女太太面前。

**经　理** 我只想进来看看，每件事都有次序。控制一下年轻姑娘的行动，万一你不在或是管不了。而且想向你表示最亲切最热烈的祝贺，你的可钦佩的反间谍技能表现，晚报公布了结果，逮捕了三百个第五纵队。

**菲列普** 这都登在报上？

**经　理** 许多详细的逮捕情况，各式各样从事枪击、阴谋暗杀……破坏、私通敌人，各种欢庆。

**菲列普** 什么欢庆？

**经　理** D—E—L—I—T—S，是法文，意思是犯罪。

**菲列普** 而这些都上了报？

**经　理** 绝对的，菲列普先生。

**菲列普** 这跟我有什么关系？

**经　理** 哦，每个人都知道你从事执行这些调查的。

**菲列普** 他们怎么会知道的？

**经　理** （责备似的）菲列普先生。这是马德里。在马德里每个人就知道每件事，在没有发生之前。到发生之后，有时候会议论是谁实际干这件事的。但在发生之前，全世界都知道得很清楚谁应该干什么。我现在就向你祝贺，在不满足的人们责备你之前，他们会问"啊哈！只捉三百名？其余的人都到哪里去了"。

**菲列普** 别那么悲观，可是我想这会儿我该走了。

**经　理** 菲列普先生，我也想到这一点，所以我到这里来，提个极好的建议，希望也许会有结果。如果你要走，把罐头食品当行李带是没用的。

（门上有人在敲。麦克斯进来）

**麦克斯** 敬礼，同志们。

**全　体** 敬礼。

**菲列普** （向经理）走吧，集邮家同志，过后我们再来谈那件事。

**麦克斯** （向菲列普）Wie Gehts?（好吗?）

**菲列普** 好? 不太好。

**安妮妲** 好吧, 我能洗澡?

**菲列普** 比好还好, 亲亲, 但是把门关紧, 可以吗?

**安妮妲** （从浴室里）是热水。

**菲列普** 这个彩头好, 请你关上门。

（安妮妲把门关上。麦克斯走到床前坐在椅子上。菲列普
正坐在床上, 把腿挂在床外）

要些什么吗?

**麦克斯** 不, 同志, 你在那边吗?

**菲列普** 哦, 是啊, 我一直奉陪到底, 一丝未错过, 全部过程。
他们要知道一些东西, 所以把我叫回去。

**麦克斯** 他怎么样?

**菲列普** 胆小鬼。可是事情每隔一会儿才挤出一小点儿, 可只
是一会儿。

**麦克斯** 然后呢?

**菲列普** 哦, 到后来愈漏愈多, 快得连速记员都来不及记。我
的脾胃并不弱, 你知道。

**麦克斯** （不顾这些）我在报上看到逮捕人的消息, 他们为什
么公布这些事?

**菲列普** 我不明白, 老兄。他们为什么要这样? 我会咬他们
的。

**麦克斯** 这对士气是有好处的。但是如果能把每一个都逮着
也是很好的。他们曾经搞到——那个——呀——

**菲列普** 哦, 是。你说那具尸首吗? 他们把它从我们丢下的那
地方弄回来, 安托尼奥把它竖在屋角的一把椅子上, 而我

则插一根纸烟在它的嘴里，还把烟点燃了，真逗人。只是那根烟自然烧不久就熄灭了。

**麦克斯**　我很高兴不用呆在那里。

**菲列普**　我呆下去了，然后我走开，接着我又回到那儿。然后我又走了，他们把我叫了回去。一小时之前我还呆在那儿，现在总算完事了。也就是说，今天没有事了。明天又有别的事要干。

**麦克斯**　我们的任务完成得很好。

**菲列普**　尽我们所能地干好啦。这件事干得很聪明很漂亮，可是也许网上有不少漏洞，会跑掉一大堆捕获物。他们还是可以追回来的。不过你得派我到别处去吧，我在此地已不中用了，太多人知道我在干的是什么工作，而且并不是由我自己传出去的。事情就是那样发展的。

**麦克斯**　有很多地方可以派你去，但是这里还有一些工作要你做。

**菲列普**　我知道，可是尽快把我送走，行吗？我愈来愈感到心惊肉跳了。

**麦克斯**　隔壁屋里那位姑娘怎么办呢？

**菲列普**　哦，我要和她断绝关系。

**麦克斯**　我并没有这么要求。

**菲列普**　是的，可是你迟早会这么做的，总是这么惯着我是没有意义的。我们既然参加了一场未经宣布的五十年战争，我就决心打到底。我也不确定是什么时候，反正我报了名参战。

**麦克斯**　我们都一样，不存在报名的问题，没有必要说尖酸的话。

**菲列普**　我并不尖酸，我只是不愿再欺骗自己，也不愿意让任何事情牵制我一点,本来就不想受牵制。这儿的事把我缠住了,可我知道怎样来治这种事。

**麦克斯** 怎么治?

**菲列普** 我要治给你看。

**麦克斯** 你记住,菲列普,我是个好心肠的人。

**菲列普** 哦,不错,我也不坏。有时候你应该注意一下我怎么工作。

（他们正在谈话的时候,109号房门开了,陶乐赛·勃里琪丝走进来。她打开灯,脱去上街穿的外衣,围上银狐披肩。她站在衣镜前回旋着身子。她今晚很美丽。她走到留声机前,放上肖邦圆舞曲唱片,随后在落地灯旁的椅子上坐下看书）

**菲列普** 她在那儿了。她又回来了,现在你叫这什么地方,家吧。

**麦克斯** 菲列普同志,你何必这样。我真的告诉你,我看不出什么现象,她妨碍了你什么工作。

**菲列普** 不,可是我看到了,而你不久就会咒骂我的。

**麦克斯** 我和过去一样全由你处理,可是要做到与人为善。对我们这些受过折磨的人来说,尽可能在一切事情上做到与人为善,那是非常重要的。

**菲列普** 我一向待人很好,你是知道的。呵,我心肠多好呀!我太好啦!

**麦克斯** 不,我看不出你的心肠好。我倒是喜欢你的心肠好一些。

**菲列普** 在这里等我一会儿,行吗?

（菲列普出了房门,在109号门上敲了一下,接着便推门进去）

**陶乐赛**　哈罗，亲爱的人。

**菲列普**　哈罗，你怎么样？

**陶乐赛**　我很好，现在你来了我真高兴。你上哪儿去了？昨晚上你通宵都没有回来。哦，我真快活你来了。

**菲列普**　你有酒吗？

**陶乐赛**　有，亲爱的人。（她倒了一杯威士忌加水给他）

（麦克斯在另一间屋内坐在椅子里直瞪着那只电炉）

**陶乐赛**　你到什么地方去啦，菲列普？

**菲列普**　溜达去了，各处瞧瞧。

**陶乐赛**　情况怎么样？

**菲列普**　有的地方很好，你知道，而有的又不太好，我想它们相互抵消。

**陶乐赛**　那么今晚你可以不出去了？

**菲列普**　我不知道。

**陶乐赛**　菲列普，亲爱的，出了什么事？

**菲列普**　没有什么。

**陶乐赛**　菲列普，让我们离开这儿吧，我不必老呆在这里，我已经发了三篇稿子。我们可以到圣·特劳贝兹附近那块地方去，而且雨季还没有开始。现在那边没有什么人，应该是十分明媚的。然后我们又可以一块儿去滑雪。

**菲列普**　（挖苦口吻）是呀，然后还可以上埃及去，称心如意地睡遍每个旅馆，三年之内过它一千个美美的早晨，用托盘送上一千次早餐；要不然就在下三个月内度过九十次；或是不管它多少次直到你讨厌了我，我厌烦了你。而我们做的一切就是尽情享乐。我们要借住在克利隆或丽池，到了秋天波亚林子里的树叶脱落时，寒风料峭，我们就上奥都伊去看越野赛马，并且在小牧场里烤着大炭盆的煤火，看着他们飞越水池和跳过沟篱和古旧的石壁。这真对劲儿。过后溜到酒吧里去喝一杯香槟鸡尾酒，接着开车赶回拉罗去吃晚饭，或到苏龙去射雉鸡度周末。对，对，就是要这个劲儿。然后搭飞机去纳罗比和老马沙珈俱乐部，这在春天里是一个捕沙门鱼的好地方。对，对，就是这个。而且夜夜同睡一张床。是这样吗？

**陶乐赛** 呵，亲爱的人，想想这多对劲呀！你有这么些钱吗？

**菲列普** 我曾经有过，在我参加这桩买卖之前。

**陶乐赛** 这些我们都要做，还有圣·莫里茨？

**菲列普** 圣·莫里茨？别那么庸俗。你的意思是去基茨布哈尔。你在圣·莫里茨只会遇见不三不四的大怪人。

**陶乐赛** 但是你可以避开他们的，亲爱的人，你可以不理他们。而我们真会这样过日子吗？

**菲列普** 你不是要这样么？

**陶乐赛** 哦，亲爱的人！

**菲列普** 你喜欢到匈牙利去么，秋天的时候？你可以出很小的代价租到花园，只要付些狩猎费就行了。在多瑙河平原一带有大群的鹅。你去过拉摩吗，那儿有很长的细白沙滩，旁边停着帆船，到了晚上风在棕榈树丛间拂动。再说说麦令迪，那地方正适宜于在海滩冲浪玩儿，吹来的东北季候风又凉爽又新鲜，你不用穿睡衣，夜晚不盖被子。你一定会喜欢麦令迪的。

**陶乐赛** 我知道我会喜欢的，菲列普。

**菲列普** 你以前到过哈瓦那的圣苏西，星期六晚上在巴西奥的皇家棕榈树下面跳过舞吗？灰色的棕榈树像庭柱似的直矗天空，你可以彻夜呆在那里玩骰子、赌轮盘，或是驱车到珈曼尼塔，在黎明时进早餐。那儿大家都相识，人人轻松愉快。

**陶乐赛** 我们能到那儿去吗?

**菲列普** 不能。

**陶乐赛** 为什么不能,菲列普?

**菲列普** 我们什么地方也不去。

**陶乐赛** 为什么不去,亲爱的人?

**菲列普** 你可以去,如果你喜欢,我可以给你起草一张日程表。

**陶乐赛** 但是,我们为什么不能一块儿去?

**菲列普** 你是可以去的,可是我早已去过这些地方而且都把它们丢在脑后了。我现在去的地方只能由我单独去,或是跟那些和我有着同样理由的人一起去。

**陶乐赛** 而我就不能去那儿吗?

**菲列普** 不能。

**陶乐赛** 不管它是什么地方,为什么我就不能去呢?我也能学习,而且我什么也不怕。

**菲列普** 一个理由是连我也不知道这地方在哪儿。其次,我不愿意带你去。

**陶乐赛** 为什么?

**菲列普** 因为你不中用,老实说。你没有受过教育,你不中用,你是个傻瓜,你很懒惰。

**陶乐赛** 别的都不妨说,只是我并不是不中用呀。

**菲列普** 你有什么用处?

**陶乐赛** 你明白——或者你应该明白。(她哭泣起来)

**菲列普** 哦,是,说的是这个。

**陶乐赛** 你就懂得这一点吗?

**菲列普** 这只是一种商品,不必出太大的代价。

**陶乐赛**　啊，那我是种商品？

**菲列普**　是的，一种非常漂亮的商品，是我见过的最美丽的商品。

**陶乐赛**　好吧，我很高兴听你这么说。而且我也很高兴，这是大白天。现在滚出去，你这个自命不凡，自命不凡的醉鬼。你这个又荒唐又傲慢，装腔作势的吹牛人。你才是一件商品，你。你从未想到过吗，你自己也是一件商品？一件谁也不用出高价的商品。

**菲列普**　（大笑起来）不，但是我明白你的这种意思。

**陶乐赛**　好，你就是这样。你是个地地道道的不道德的商品。从来不呆在家里，整夜在外面逛。又脏又臭，满身是泥，不爱整洁。你是一件可怕的商品。我不过是喜欢这件商品的包装而已，就是那样，你走了我才高兴。

**菲列普**　真的吗？

**陶乐赛**　是的，是真的。你和你的货色。可是，我们既然永远不会到那些地方去，你又何必去谈它呢。

**菲列普**　我很抱歉，这不是与人为善。

**陶乐赛**　哦，不必与人为善，你越是为善越可怕。只有善人才应该努力为善。你为善时更叫人害怕。你也不必大白天里谈这些事。

**菲列普**　我很抱歉。

**陶乐赛**　哦，不必抱歉。你在最恶劣的时候才会感到抱歉，我受不了你这种歉意。给我滚出去吧。

**菲列普**　好，再见。

（他伸臂拥抱她，和她接吻）

**陶乐赛**　别来吻我，你一和我接吻你就搞你的商品买卖，我明白你。

（菲列普紧紧抱住她，和她接吻）

哦，菲列普，菲列普，菲列普。

**菲列普** 再见。

**陶乐赛** 你……你……你连商品都不要了吗?

**菲列普** 我要不起。

（陶乐赛从他臂中挣脱出来）

**陶乐赛** 那么走吧。

**菲列普** 再见。

**陶乐赛** 哦，滚出去。

（菲列普走出房门来到自己的房子里。麦克斯依旧坐在椅子上。在另一间房里陶乐赛拉铃叫使女）

**麦克斯** 怎么样?

（菲列普站在那里瞧着电炉，麦克斯也对着电炉出神。在另一间屋里贝特拉在门口出现）

**贝特拉** 是，小姐。

（陶乐赛坐在床上。她抬着头可是眼泪流满双颊，贝特拉向她走去）

**贝特拉** 什么事情，小姐?

**陶乐赛** 哦，贝特拉，他真坏，就像你说的那样。他坏，坏，坏。而我却像个鬼傻瓜，我还以为我们会过得很快活的。但是他真坏。

**贝特拉** 是呀，小姐。

**陶乐赛** 可是，哦，贝特拉，问题是我爱他呀。

（贝特拉站在床前陶乐赛的身旁。在110号房里，菲列普站在床头柜前。他给自己倒了杯威士忌兑上水）

**菲列普** 安妮妲。

**安妮妲** （在浴室里）是呀，菲列普。

**菲列普**　安妮妲,你洗完澡就出来吧。

**麦克斯**　我走了。

**菲列普**　不呆一会儿?

**麦克斯**　不,不,不,对不起,我要走了。

**菲列普**　(声调呆板,无精打采)安妮妲,水热吗?

**安妮妲**　(在浴室里)洗澡好极了。

**麦克斯**　我走了,对不起。

(幕)

(剧终)

# 小说
xiaoshuo

# 告发

却柯特在马德里往昔的日子里，正像是"鹳鸟"一类的酒吧，只是没有音乐和表演的人们，或是像华尔道夫的男人酒吧，要是他们让娘儿们进来的话。你知道，她们可以进来，但这是男人的地方，她们没有什么地位。巴特鲁·却柯特是店主，他具有的性格特点是使这个地方兴旺起来，他是个了不起的酒保，他总是消消停停，高高兴兴，他还有一副热心肠。现在热心肠真是再少见不过的东西了，很少有人能保持长久的。这不应该和生意经混为一谈。却柯特热心肠，但这并不是假装或是外加上去的。他还是个谦虚、单纯和友善的人。他为人又亲切又和蔼，敏捷得出奇，像那个巴黎丽池酒吧的侍者乔治一样，这是个你可以拿来同四周的人进行比较的最高的标准，而且他还开着一家好酒吧。

在那些日子里，马德里有钱的年轻人中，那些爱摆架子的就在一个名叫纽芙的俱乐部里进出，安分守己的则到却柯特去。到那儿去的人里有许多是我不喜欢的，就像在"鹳鸟"一样，但是在却柯特我还没有感到过不愉快。一个理由是你不用在那儿谈政治。有些咖啡店你是为了政治去的，除了政治再没有别的了，可你在却柯特不用谈政治，你谈着许多其他各式各样的话题。到了晚上，城里最好看的娘儿们就在那儿出现了，这是个可以开始夜生活的地方，对，我们便经常在那儿开始一些美妙的夜生活。

而且在这种地方，你一走进那儿便可以打听到谁在城里，或是谁到什么地方去了,假如他们不在城里的话。要是暑天,那些人全不在城里,你总可以坐下来享受些饮料,因为那儿的侍者们全是和和气气的。

这儿像是个俱乐部,可是你不必出会费,而且你可以在那儿挑中一个娘儿们。这是西班牙最好的酒吧间,的确,我想这也是世界上最好的酒吧间中的一个,我们这批在那儿逗留的人全对它有极大的好感。

再一件事儿是酒特别好。要是你要杯马提尼,这是用钱可以买到的最好的杜松子酒混合兑成的,而且却柯特还有大桶的威士忌酒,是从苏格兰来的,比广告上的牌子好得多,和它相比,普通的苏格兰酒真太可怜了。好,当革命开始的时候,却柯特本人在圣·色巴斯西安开着他那家夏季酒店。他还在那儿开着,他们说这是佛朗哥西班牙境内最好的酒吧。侍者们管理了马德里的店务,现在还开着,可是好酒现在都没有了。

大部分却柯特的老主顾们都是站在佛朗哥那边的,但也有许多是在政府军方面的。因为这是个十分愉快的地方,而且因为真正愉快的人通常总是最勇敢的人,勇敢的人最容易被杀死,所以大部分却柯特的老主顾现在都已经死了。大桶威士忌酒已经喝罄了许多个月,我们在1938年5月中旬就喝光了最后的黄色杜松子酒。现在那个地方再没有什么可值得去了,所以我猜想罗易·代尔盖都,要是他再晚一些时候到马德里来,大概不会到那儿去,也就闹不出什么事了。可是他到达马德里的时间是1937年的11月,他们还有黄色杜松子酒,还有印第安奎宁水。这些看来都是不值得去拼命的,所以也许他只是要在老地方喝一杯而已。了解他这个人,了解这个地方的过去,你就完全可以理解这件事了。

这天,大使馆里宰了一头牛,看门人到佛罗里达旅馆来告诉我们说他们已给我们留下了十磅新鲜肉。在马德里冬天过早到来的黄昏里，我跑去取肉。两个威风十足的卫兵拿着来复枪坐在大使馆门外的椅子上，牛肉则已等在门房里了。

看门人说这块肉的部位很好，可惜牛太瘦。我从我的短皮袄口袋里掏出些炒熟的葵花子和板栗给了他，我们还站在门房外大使馆汽车道的沙砾上开了会玩笑。

我用胳膊夹着沉重的牛肉穿过市场走回家去。他们正在炮击格兰伐亚，我走进却柯特去躲避一时。却柯特里十分热闹，挤满了人，我便坐在屋角的一张桌旁，对着堆满沙袋的窗户，把肉放在我身旁的长凳上，喝着杜松子酒和汁水。就在这个星期，我们发现他们还有汁水。自从战争开始以来，没有人要过，而价格也和革命前一样。晚报还没有出版，所以我从一个老太太那儿买了三份党刊，它们要十分钱一份，我叫她把那个披士打（西币名——译者）的找钱留下。她说上帝会保佑我。我不相信这一点，却读着这三本小册子，喝着杜松子酒掺汁水。

我以往认识的一个侍者走到我的桌旁，和我说着什么。

"不，"我说，"我不相信。"

"没错，"他坚持着，往同一个方向歪着盘子和他的脑袋，"现在别看，他就在那儿。"

"这不关我的事。"我告诉他。

"也和我无关呀。"

他走开了，我买了张晚报，是由另一个老太太拿来卖的，我读着。

对那个侍者指出来的人，是不用怀疑的。我们两人全十分了解他。我只能想：这个笨蛋，这个不顾死活的笨蛋。

就在这时候，一个希腊人走了过来，跟我坐在一块。他是第十五旅的一个连队指挥员，曾被飞机扔的炸弹埋在土里。在这次轰炸中炸死了四个人，他被送回来医治，又被送到了休养所或这一类的地方。

"你好，约翰？"我问他，"喝点东西吧。"

"你管这酒叫什么名字，爱蒙先生？"

"杜松子酒和汁水。"

"这是什么汁水呢？"

"奎宁，试点儿吧。"

"听我说，我不怎么喝酒，但是对奎宁水很有好感。我少来点儿尝尝。"

"医生跟你说的什么，约翰？"

"不用去看医生，我十分健康，只是我脑袋里总是嗡嗡响。"

"你一定得去找医生，约翰。"

"我去就去。可是他不懂，他说我没给他证明。"

"我会打电话告诉他的，"我说，"我认识那儿的人。这个医生是德国人吗？"

"对，"约翰说，"是德国人，英语说得不太好。"

就在这个时候侍者又来了，他是个老头，头都秃了，一副古板老派的样子，这是战争没能改变的。他很烦恼。

"我有个儿子在前线，"他说，"还有一个已经被打死了。现在说的是这个。"

"这是你的事儿。"

"那你呢？我早就告诉你了。"

"我到这儿来是为了喝点儿饭前酒的。"

"我却是在这儿干活的。你告诉我。"

"这是你的事，"我说，"我不是政客。"

"你懂西班牙话吗？约翰。"我问那个希腊同志。

"不行，我只懂几个字，可是我能说希腊话、英国话和阿拉伯话。有一个时期我阿拉伯话讲得很好。听着，你知道我怎么被埋在土里的？"

"不知道，我只知道你被活埋了，就这么点儿。"

他有张黑黑的、漂亮的脸，在他说话的时候，两只黑手不停地摆动着。他是从一个岛上来的，说起话来样子很激动。

"好，我现在告诉你。你看，我对打仗很有经验。以前我是希腊军队里的上尉。我是个出色的军人。当时我在哀尔波前线的战壕里，看见飞机从那边飞过来，看得清清楚楚。我看着飞机飞过来，盘旋着，像这么一拐弯（他用手比划着），朝下盯着我们，我就说，啊哈，这是对付参谋部的，是在侦察，很快别的也来了。

"结果就像我说的，其余的飞机也来了。我站着仔细看，朝天空指给大家看有什么变化。它们是三架三架飞来的，一架在前，两架在后，三架为一队，我跟大伙说，看见吗？现在飞过去一队。

"又过去三架，我跟同伴们说，现在好了，现在全好了，现在再也不用发愁了。那是两星期以来我记得的最后一件事。"

"是在什么时候发生的呢？"

"大约一个月之前。你看，当我被炸弹埋在土里的时候，钢盔扣在我的脸上，所以我可以呼吸钢盔里的空气，一直到他们把我挖出来，可这些事儿我全不知道。但是因为我吸的是爆炸后的烟雾，我病了很长时间。现在我已经好了，就是脑袋里老响。你管这饮料叫什么名字？"

"杜松子酒和汁水。薛威白印第安汁水。战前，这是家最时髦的咖啡店，通常这种饮料要花五个披士打。而那时一块金元只值七个披士打。我们碰巧发现他们还有这种汁水，价钱跟

105

以前一样，只剩下一箱了。"

"不错，是好饮料。告诉我，战前这城市是什么样的？"

"很好，跟眼前一样，不过有许多可吃的东西。"

那个侍者又来了，靠在桌子旁。

"要是我不干呢？"他说，"这可是我的职责。"

"要是你想干，就用这个号码打个电话。写下来。"

他写了下来。

"找白伯。"我说。

"我没有什么要反对他的，"这个侍者说，"但这是主义。当然这个人是危害我们的主义的。"

"别的侍者没认出他吗？"

"我想认出了，但是没人讲什么，他是个老主顾。"

"我也是个老主顾啊。"

"也许现在他也在我们这边了。"

"不，"我说，"我知道他不是的。"

"我从来没有告发过任何人。"

"这是你的问题，也许别的侍者会去告发他的。"

"不，只有老侍者们认识他，而老的一批不会告发的。"

"再来点黄色杜松子酒，苦味的？"我说，"瓶子里还有点汁水。"

"他在说什么？"约翰问，"我只听懂了一点点。"

"这儿有个人是我们过去认得的。他是一个出色的猎鸽子人，我经常在射猎会里碰到他。他是个法西斯党徒，现在却跑到这儿来了，不管他有什么理由，总之是太蠢了。他一向是十分勇敢，又十分愚蠢的。"

"把他指给我看看。"

"就在那张桌子和一批飞行员在一块。"

"哪一个？"

"脸色深褐，便帽盖住了一只眼的。他正在笑。"

"他是法西斯党徒？"

"是的。"

"这是打从哀尔波前线以后，我看见的离得最近的一个法西斯党徒了。这儿有许多法西斯党徒吗？"

"不时有那么几个。"

"也喝你这样的酒，"约翰说，"我们喝这个，别人会说我们是法西斯党徒，嗳？听着，你曾经到过南美洲、西海岸或者麦哲伦海峡吗？"

"没有。"

"没关系，就是奥克——多——波司太多。"

"什么太多？"

"奥克——多——波司，"他把重音落在多字上，成了奥克——多——波司。"你知道这是长着八只爪子的。"

"哦，"我说，"章鱼。"

"奥克——多——波司，"约翰说，"你看，我还是潜水员。那儿是个可以好好工作的地方，能赚很多钱，就是奥克——多——波司太多。"

"它们对你有妨碍吗？"

"我不知道。我第一次在麦哲伦海峡下海去，我看见了奥克——多——波司，它用脚这么站着。"约翰用手指撑在桌上，把手心拱起来，同时耸起肩膀、倒竖眉毛，"它站起来比我还高，一直盯着我的眼睛。我赶快拉绳子，叫他们把我拉上海面。"

"它有多大，约翰？"

"我说不准，因为头盔上的玻璃使它有些变形了。可是头围至少有四尺。它好像踮起脚尖站着，就像这样盯着我（他紧盯着我的脸）。当我升到水面，他们把我的头盔拿掉，我说我再也不下去了。于是管事人说：'约翰，你干吗？奥克——多——波司怕你比你怕奥克——多——波司还厉害。'可我对他说：'不可能！'我们再喝一点法西斯党徒的饮料，你说怎么样？"

"好。"我说。

我在注意那边桌上的人。他的名字叫罗易·代尔盖都，我最后一次看见他是1933年在圣·色巴斯西安射鸽子的时候，我记得和他一块站在看台顶上，看最后一次的射击会。我们打了一个赌，一个比我所能出的钱还要多的赌，我相信这笔钱比他那年输得起的要多得多。当他付了钱走下台来，我记得他样子很愉快，装出一副输钱是一种权利的样子。我还记得我们站在酒吧边喝马提尼酒，我心里感到出奇地坦然，当你赌赢时这种感觉便会浮起，我还想到这赌注是多么狠地打击他。整个星期，我射击成绩一直很糟，他却打得很好，连不能打中的鸟也被他打了下来，他下注始终稳健沉着。

"我们来赌一次都卢（值五个披士打——译者）好吗？"他问。

"你真要赌吗？"

"是的，要是你高兴的话。"

"赌多少？"

他拿出钱夹，看了看，笑了。

"你说个数吧，"他说，"或者我们赌八千披士打。皮夹里看来有这么多。"

这在当时将近一千块金元。

"好，"我说，这样一来美好的内心镇静全跑了，赌博带来的空虚又出现了，"谁对谁呢？"

"我对你。"

我们把双手合起来摇着沉重的值五个披士打的银币,然后每个人把他的银币放在自己左手背上,再用右手盖在各人的银币上。

"你的是什么?"

我露出了这个大银币,上面有个像孩子样的阿尔芳苏八世侧面像。

"头。"我说。

"把这些鬼东西拿去吧,发点儿慈悲给我买杯酒喝喝,"他倒空了钱夹,"你不像会去买支好布代枪吧,会不会?"

"不会,"我说,"可是,你看,罗易,要是你要些钱……"

我握着折叠着的硬硬的、光亮的厚纸,蓝色的一千披士打的钞票给他。

"别发傻,恩立克,"他说,"我们一直在赌博,不是吗?"

"对的。但是我们一直相互了解。"

"还不到那个程度。"

"对,"我说,"你是这件事的审判官。那么你想喝点儿什么?"

"喝点儿杜松子酒和汁水好吗?你知道这是最好的饮料。"

于是我们便要了杜松子酒和汁水,使他破财,令我十分难堪,可是赢了这笔钱又使我感到十分满意,在我一生中再没有比这杯杜松子酒和汁水味道更好的了。在这些事上是用不着说谎的,要么你装得并不欣赏赢钱;但罗易·代尔盖都这家伙是个十分漂亮的赌徒。

"我认为人们要是只赌出得起的钱,那没有什么意思。你说呢，恩立克？"

"我不知道，我从来是出不起钱的。"

"别装傻，你有很多钱。"

"我没钱，"我说，"真的。"

"哦，每个人都有钱，"他说，"这只是一个卖东西的问题，卖掉点儿东西就有钱了。"

"我没有多少钱，真的。"

"哦，别装傻。我从来没见过一个没钱的美国人。"

我猜想这是真话。在那个时候，他在丽池或是却柯特是不可能碰到他们的。现在他回到了却柯特，现在他能碰到的美国人也是他从来没碰到过的，除了我，而我来这儿是个错误。我情愿出很多钱，也不要在那儿碰到他。

既然，他硬是要做这件蠢事的话，这是他自己的事。可是，当我望着那只桌子，想起了过去的日子，我替他难受。同时使我难受的是我把保卫局反间谍处的电话号码给了侍者。本来只要一打电话他就可以叫到保卫人员的，我却给了他一条捷径去拘捕代尔盖都。这是一种过分公平、正义和超过彼拉多的态度（Pontius Pilate判处耶稣上十字架的古罗马犹太总督——译者），总之是一个不太纯洁的欲望，想看看人们在情绪冲动下会怎样行动，正是这种欲望，使作家们成为这样吸引人的朋友。

这个侍者又走过来了。

"你看怎么样？"他问。

"我自己决不会告发他。"我说，现在要替自己开脱我给他电话号码的事情了，"我是一个外国人，而这是你们的战争，你们的问题。"

"可是你是我们这边的人。"

"绝对是，永远是。但是这并不包括告发一个老朋友

110

呀。"

"可是我呢？"

"你就不同了。"

我知道这是真的，另外也没有什么好说的了，我只是希望从来没听见过这件事。

我对于人们在这种情况下会怎么做始终怀着好奇心已经好久了，并且可耻地得到了满足。我回头朝着约翰，不再看代尔盖都坐的那张桌子。我知道他和法西斯党徒一起飞行了一年多，可他坐在这儿，穿着政府军的制服，和三个年轻的在法国最后一批训练的政府军飞行员谈话。

新来的年轻人没有一个会认识他，我怀疑他是不是想来偷一架飞机，或是为了别的什么目的。不管怎么着，他坐在那儿，他是一个笨蛋，这个时候到却柯特来。

"你觉得怎么样，约翰？"我问。

"觉得不错，"他说，"这酒很好，我觉得好像有点儿喝醉了。这对脑袋里的嗡嗡声很有好处。"

侍者又来了，他十分兴奋。

"我已经告发了他。"他说。

"那很好，"我说，"现在你没什么问题了。"

"没有，"他自豪地说，"我已经告发了他。他们已经来拘捕他了。"

"我们走吧，"我对约翰说，"这儿就要出事了。"

"是走得好，"约翰说，"有许多事常会来打扰你的，即使你想尽办法避免也不可能。我们该付多少？"

"你不留在这儿吗？"侍者问。

"不。"

"但是你给了我电话号码。"

"我知道。假如你住在这城里，你就应该知道许多电话号码。"

"可这是我的责任。"

"是啊，为什么不是呢？责任是一种很有力的东西。"

"可是现在？"

"好，刚才你觉得很好，是不是？也许你还会觉得好的。也许你会习惯的。"

"你把纸包忘了。"侍者说。他把肉交给我，这块肉包在两个信封里，原本是用来包《激励》杂志的。这原来就堆在大使馆的一间屋子里。

"我知道，"我对侍者说，"真的。"

"他是个老主顾，一个好主顾。另外，我以前从来没有告发过任何人。我并不是拿告发来开玩笑的。"

"还有我不应该把话说得又嘲讽又无情。告诉他，是我告发他的。他现在反正是恨我的了，因为我们在政治上的分歧。要是他知道是你告发的，他会感到不高兴。"

"不，每个人都应该承担自己的责任，这你懂吗？"

"是啊。"我说，而且撒了谎，"我懂，而且同意。在战争里你经常要撒谎。当你必须撒谎的时候，你必须撒得越快越好。"

我们握了握手，我和约翰走出了门。当我出来的时候，我回头看了看罗易·代尔盖都坐的那张桌子。他又要了杜松子酒和汁水放在面前，桌上的每个人都因他说的话在笑着，他有一张很快活的褐色的脸和一对射手的眼睛，我怀疑他是装作什么样的人混过来的。

他真是个笨蛋，跑到却柯特来。可这正是他想干的事，这样他可以吹牛，在他回去和自己人一块儿的时候。

当我们走出大门，转向街道的时候，一辆大型警备车开到却柯特门口，从车里走出八个人。六个人拿着手提机关枪往门外一站，两个穿便衣地走了进去。有个人问我们要证明文件，当我说是"外国人"时，他便说可以通过。一切都很顺利。

我们在昏暗中走上了大道，由于炮击的缘故，人行道上增加了许多新打碎的玻璃，脚下添了许多碎石。空气里还有烟味，整条街上可以闻到烈性炸药和炸裂了的花岗石气味。

"你到哪儿去吃饭？"约翰问。

"我弄了些肉给大家，我们可以在屋里烧着吃。"

"我来烧，"约翰说，"我烧得很好。我记得有一次我在船上烧——"

"这肉挺老，"我说，"刚刚新割下来的。"

"哦，不，"约翰说，"在战争期间，肉没有老的这么一说。"

人们在黑暗中匆促地走回家去，他们呆在电影院里，直到炮击完毕才出来。

"为什么这个法西斯党徒要到咖啡店里来，这地方的人都认得他？"

"他这样做是发疯了。"

"是战争的苦恼，"约翰说，"许多人都疯了。"

"约翰，"我说，"我想你是说对了。"

我们回到旅馆，进了门，经过那用来保护守门人办公桌的堆着的沙袋，我要了房门钥匙，但是守门人说有两个同志已经上了楼在屋里洗澡。他已经把钥匙给了他们。

"上楼去吧，约翰，"我说，"我要打电话。"

我走进电话间，往我给侍者的那个号码打了个电话："哈罗？白伯？"

　　一个薄嘴唇的口音，从电话里传了过来："好呀，怎么样，恩立克？"

　　"啊，白伯，你在却柯特逮了个叫罗易·代尔盖都的人吗？"

　　"是，对，没有什么新鲜的。一点儿麻烦也没有。"

　　"他不知道关于侍者的事吧？"

　　"不知道。"

　　"那就不要告诉他，就说是我告发他的，你答应吗？不要提到侍者。"

　　"啊，这没有什么区别啊！他是个间谍，他要被枪毙的。事情不由他决定。"

　　"我知道，"我说，"但这有点儿区别。"

　　"就听你的，照你说的办。什么时候我能见到你？"

　　"明天吃午饭。我们有点儿肉。"

　　"先喝威士忌，好的，好的。"

　　"敬礼，白伯，谢谢你。"

　　"敬礼，恩立克，这不算什么，敬礼。"

　　这是一种腔调古怪而十分沉着的声音，我从来就听不惯，但在我走上楼梯以后，我觉得舒服多了。

　　我们所有却柯特的老主顾对这个地方都有一种感情。我知道这就是罗易会这么蠢回到这儿来的原因。他可以在别的地方干他的事，但只要他在马德里，他就一定会来的。他是个像侍者说的那样的好主顾，而我们又是朋友。当然，在生活里凡是你能办到的细小的好事都是应当去办的。所以我很高兴打了电话给保卫局的白伯，因为罗易·代尔盖都是却柯特的老主顾，我不愿意他因此对它有所失望，或者在他临死前怨恨那些侍者。

# 蝴蝶与坦克

这天晚上我从新闻检查所走回佛罗里达旅馆去，天正下着雨。在离家还有一半的路上，我就厌烦这个下雨天了，于是便在却柯特停下来喝杯酒。这是马德里被围困、炮击的第二个冬天，什么东西都缺乏，包括烟草和人们的脾气；而且随便什么时候，你总觉得肚子饿；而且还会无缘无故地迁怒于你所不能左右的事物，比如天气。我应该回家去。只要再走五个街区就行了，可是当我看到却柯特的门道时，我却想进去喝杯酒，然后再走上六个街区就可到达格兰伐亚，穿过那些被炸得粉碎的街上的烂泥和碎石。

这里挤满了人。你不能走近酒吧，而所有的桌子又都坐满了。屋里充满了烟雾、歌声、穿军装的男人和湿皮衣的气味，他们把饮料从酒吧里送出来，送到挤着的人堆中去，酒吧边上已围了三圈人。

我认识的侍者替我在另外的桌上找了把椅子，我坐了下来，对着一个脸又瘦又白，长着喉结的德国人，我知道他是检查所的，另外还有两个我不认识的人。这张桌子在屋子中央，在你进来的方向稍靠右一点。

因为歌声，你连自己说的话都听不见。我要了杜松子酒和安果司推拉酒，对着雨把它灌下了肚。这地方真是塞满了人，每个人都很快活。也可能快活过了头，因为差不多所有的人都在喝新酿的加泰兰酒。一些我不认识的人拍着我的肩膀，我们桌上的女郎对着我说话，可我什么也听不见，只能说"对呀"。

当我停止注视四周而只看着自己这一桌时，她的样子太可怕了，实在太可怕了。可是事情终究弄明白了，当侍者来时，她不过向我要杯酒喝。跟她在一块的人没什么劲儿，可她的劲儿够他们两人受用的了。她有一张强烈的、半古典的脸，长得像驯狮人。那个跟她一起的男孩子看来只配打一条学生时代的领带，可他并不是这样打扮的，他穿着和我们一样的皮外套。只是衣服没有湿，因为在下雨前他们就来了。她也穿着一件皮外套，正好和她的脸相称。

　　这时候，我真希望我不曾在却柯特停下来，而是一直走回家去，在那儿可以换上干衣服，舒适地躺在床上架起双脚喝一杯，而我真懒得看这一对年轻人。生命是很短促的，而丑女人是长久的。坐在桌旁，尽管我是个作家，对于各种各样的人都有永不满足的好奇心，可我现在实在不愿打听这两个人是否结婚，或是他们怎么彼此看中的，他们的政治观点如何，他是否有钱，或是她有钱，以及有关他俩的任何事情。我断定他们一定是在无线电台工作的。每当你在马德里看到怪模怪样的公民，他们总是在无线电台工作的。为了找话说，我提高嗓门压过了喧哗，问道："你们是在无线电台吗？"

　　"我们俩都在。"女郎说。所以这是对的，他们是在无线电台。

　　"好吗，同志？"我对那个德国人说。

　　"好，你呢？"

　　"全湿了。"我说，他便把头一歪大笑了起来。

　　"你有没有烟卷？"他问。我把最后两包烟中的一包递给了他，他拿了两支。那个粗壮女人拿了两支，那个有带旧学校领带面孔的年轻人拿了一支。

　　"再拿一根。"我喊着。

　　"不，谢谢。"他回答，德国人却替他拿了一根。

　　"你在乎吗？"他笑了。

"当然不在乎。"我说。我其实是在乎的，而他也明白，但他非常需要烟，也就不理会了。唱歌暂时停了下来，有点像大风暴暂时中断一样，我们全能听到我们在说什么了。

"你在这儿逗留很久了吗？"那个粗壮的女郎问我。她把逗字读得像豆汤的豆字。

"算是这样吧。"我说。

"我们必须正经谈一次，"德国人说，"我要和你谈谈。什么时候好呢？"

"我会打电话给你的。"我说。这个德国人真是个非常古怪的德国人，没有一个善良的德国人会喜欢他。他老以为自己会弹钢琴，如果你不让他碰琴，他倒不碍事，不过除非泡在酒里，或是给他一个饶舌的机会，而至今还没有人能使他跟这两件事分离。

饶舌是他的拿手好戏，同时他还总知道一些新鲜事儿，那些令人难以相信的事儿，都是和马德里、弗伦西亚、巴塞罗那以及其他政治中心里数得着的人物有关的。

就在这时候，歌声又起来了，你不能像叫喊那样去聊天。因此，看来这是却柯特一个无聊的下午，我决定在痛饮一番后立刻走。

歌声还在继续。一个老百姓穿着一套褐色衣服，白衬衫，打着黑领带，他的头发从高高的前额向后直梳，他一桌一桌地逗着乐过来，用一个灭蝇药水的喷雾器喷着一个侍者。除了那个正端着一大盘饮料的侍者外，大家都笑了。

他是愤怒的。

"No hay derecho。"侍者说，意思是"你没有权利这样做"。在西班牙，这是最简单最强硬的抗议。

这个拿喷雾器的人，达到了目的后很高兴，看来他没有注意这已是战争的第二年，他是在一座被围困的城市里，每个人

117

都紧张，而他只是这儿四个穿普通衣服的老百姓中的一个。他又去喷另一个侍者。

我往四周看一看找一个能躲避的地方。这个侍者，也一样愤怒，这个拿喷雾器的人又轻轻地喷了他两次。有些人仍然觉得这是件有趣的事，包括那个粗壮的女郎。可是这个侍者站着摇摇他的脑袋，他的嘴唇在哆嗦。他是一个老头，据我所知他已经在却柯特干了十年了。

"你没有权利这样做。"他严肃地说。

人们笑了。可那个拿喷雾器的人没有注意到歌声已经停止，仍把水喷在一个侍者的后脖子上。这个侍者回过头来，抓紧他的盘子。

"你没有权利这样做。"他说。这已经不是抗议了，这是控诉。我看到三个穿军装的人从一张桌子走向拿喷雾器的人，接着是四个人急急忙忙走出那扇旋转门，接着便听到啪的一声，一个人一拳打在那个拿喷雾器的家伙的嘴上。有人捡起喷雾器把它扔向街心。这三个人脸色严肃、粗暴、正义凛然地回来了。等门再旋转过来，进来的是那个拿喷雾器的人，他的头发搭在眼上，脸上有血，领带扯在一边，衬衫撕破了。他又拿起喷雾器喷着，眼睛睁得大大的，脸色苍白，向全屋做了个普遍的、无目的的、挑战的喷射，冲着所有的人。

我看到那三个人中的一个朝他走去，我看到这人的脸色。现在有许多人跟着他，他们强迫那个拿喷雾器的人退到靠屋子左面的两张桌子中间，那个人现在极力挣扎着。当枪响时，我拉着粗壮女郎的胳膊往厨房跑去。

厨房门紧关着，我用肩膀也没顶开。

"在酒柜后面趴下来。"我说，她却跪在那儿。

"趴下去。"我说着把她按倒，她很生气。

除了那个德国人，他躺在桌子后面，那个公立学校学生模样的男孩站在屋角,紧贴着墙壁,屋里其他的人都拔出了枪。靠着墙的长凳上有三个染金发的女郎,她们的发根是黑的,她们都踮着脚尖看,一面尖声大叫。

"我并不怕,"那粗壮的女人说,"这真可笑。"

"你总不至于希望在咖啡店的口角里被枪击中吧。"我说,"假使这个喷水的人有朋友在这里,这事儿可能很糟糕。"

但是他显然没有朋友,因为人们开始收枪了,有人把叫喊着的金发女郎抱了下来,大家都回到座位上去,躲开那个拿喷雾器的人,他静静地仰面躺着,背贴着地板。

"警察来之前谁也不准离开。"有人在门口喊着。

两个拿来复枪的警察,在巡逻中走了进来,站在门边。当他们宣布不许人离开时,我看见有六个人像踢足球似的排成一排往门外走。有三个是第一次把喷水的人扔到门外去的,当中有一个是开枪打死他的。他们像辘轳脱了轴似的很快地从拿枪的警察们身边走过。他们刚一出去,有个警察就用枪拦住门,叫道:"不许出去,一个人也不许出去。"

"为什么那些人走了? 为什么他们走了还把我们拦住?"

"他们是机械师,必须回飞机场去。"有人在说。

"可是如果已经有人走了,再把别人拦住,那可真太蠢啦。"

"每个人都必须等保卫局的人来。这事儿必须按法律程序进行。"

"可是你懂不懂,既然有人走了,再把别人拦住是件蠢事吗?"

"谁也不能走,都得等着。"

"真可笑。"我对那个粗壮女郎说。

"不,不可笑,这简直太可怕了。"

我们现在都站起来了,她愤怒地盯着那个拿喷雾器的人躺着的地方。她的两臂张开，一条腿向上弯起。

"我要去帮助那个受伤的可怜人。为什么没有人帮助他，或是替他做点事呢？"

"我想还是不管他得好，"我说，"你不想受牵累吧。"

"可这简直是不人道。我受过救护训练，我要替他包扎。"

"要是我就不管，"我说，"不要走近他。"

"为什么？"她十分恼火，差不多有点神经质。

"因为他已经死了。"我说。

警察一来，他们把所有人扣留了三小时。他们开始去嗅嗅所有的枪。这么做，他们可以查出哪支枪刚放过。差不多查过四十支枪后，他们看来是厌烦了，不管他们怎么闻，能闻到的只是湿衣服的味儿。于是他们就在死人后面的一张桌旁坐了下来。那个倒在地板上的人看来像是他自己的灰色蜡像，灰色的蜡样的手，灰色的蜡样的脸。警察在检查人们的证明文件。

从他衬衫撕破的地方，可以看见他并没穿内衣，他的鞋底也完全磨穿了。他躺在地下，既可怜又渺小。跨过他才能走近那张桌旁坐着的两个便衣警察，检查每个人的证明文件，这位女郎的丈夫心慌意乱地几次把他的文件掉到地上。他有张安全通行证，但他放错了衣袋，他不停地找着，流着汗，直到找到了这些文件。接着他又把它放到另一个口袋里，结果还得再找一遍。他流了许多汗，使他的头发都卷起来了，面孔通红。他现在不但应该打一根老式学校的领带，而且还应该戴一顶低年级学生的便帽。你听过重大事件能使人改变年纪吗，这次枪击就使他年轻了十岁。

当我们在等待轮到自己的时候，我告诉这个女郎，我认为整个事件是极好的小说。有机会我要把他写下来。那六个人排着队冲出门口的样子动人极了。她很吃惊，说我不应该写出来，因为这事儿会歪曲西班牙共和国的革命事业。我说我已经在西班牙呆了很久了，他们在帝国统治时期，佛伦西亚附近的枪击事件数目已经相当可观，而在共和国之前几百年中人们在安得鲁西亚已经用一种叫纳伐斯加的匕首互相杀戮了，所以即使在战时，我把在却柯特看到的一次喜剧式的枪击写下来，也跟这事发生在纽约、芝加哥、克威斯特或是马赛是一样的。这不会和政治有什么关系。她说我这样做是不应该的。也许有许多人会说我是不应该的。而那个德国人认为这件事无论如何是极好的小说，我便把剩下的几支骆驼牌纸烟都给了他。好，总之，三个小时之后警察说我们可以走了。

在佛罗里达旅馆他们在为我感到不安了。因为那些日子有炮击，要是你走着回家，而且酒吧间七点半关门后你还不到家，人们就会不安了。我安然地回到了家，当我在电炉上煮晚饭时，便把故事讲了出来，而且十分成功。

夜里雨停了，第二天早晨是个十分清爽、明亮、寒冷的初冬天气。十二点四十五分，我推开了却柯特的旋转门，想在午饭前喝点儿杜松子酒。这时候，店里人很少，两个侍者和经理来到我的桌旁。他们都带着笑容。

"他们捉到凶手了吗？"我问。

"大白天的别开玩笑，"经理说，"你看到他开枪吗？"

"当然，"我告诉他。

"我也看见了，"他说，"事情发生时我正在这儿。"他指着屋角的一张桌子，"他把枪对准那个人的胸口，就在他开枪的时候。"

"他们把人扣了多久？"

"啊，一直扣到今天早晨两点多钟。"

"今天早上十一点，他们来收拾Fiambre。"这个指尸首的西班牙土语，用在菜单上便是冻肉的意思。

"可是你还不知道以后的。"经理说。

"是的，他不知道。"一个侍者说。

"这是很少见的事情。"另一个侍者说，"Muy raro."

"而且很惨，"经理说。他晃着他的脑袋。

"是啊，又悲惨又稀奇，"这个侍者说，"太惨了。"

"告诉我吧。"

"这是很少见的事儿。"经理说。

"告诉我，快告诉我。"

这个经理靠着桌子的样子很神秘。

"这个喷雾器里，你知道，"他说，"他装的是古龙香水。可怜的家伙。"

"这样的恶劣气氛里就不当是开玩笑了，你知道？"一个侍者说。

"明白了，"我说，"他只是想让大家都高兴高兴。"

"对呀，"经理说，"这实在是个不幸的误会。"

"那个喷雾器呢？"

"警察拿走了，他们已设法送给他家属了。"

"我猜想他们得到这个东西会高兴吧。"我说。

"对，"经理说，"当然了，喷雾器总是有用的。"

"他是谁呢？"

"一个做柜子的工人。"

"结过婚了？"

"结过了，他妻子和警察今早上一块儿来的。"

"她说了些什么？"

"她跪在他的旁边，说：'巴特鲁，他们对你干了些什么呀，巴特鲁？谁打死你的？哦，巴特鲁。'"

"于是警察们不得不把她带走了，因为她不能克制自己。"侍者说。

"看来他的肺部很脆弱,"经理说,"他在战争开始的时候曾经打过仗。他们说他在西拉作过战,但因为肺太弱不能继续当兵了。"

"昨天下午他刚到市里来鼓励大家吧。"我说。

"不,"经理说,"你看,这是很少见的。样样事都是少见的。我从警察那儿听说,只要你给他们时间,他们是会效劳的。他们询问过他干活的那家店里的伙伴们,这是从他口袋里的工会卡片上发现的。昨天他买了喷雾器和香水准备到一个结婚典礼中去开玩笑。他曾说过他的打算。他在对街买了这些东西,香水瓶的商标上还有地址。这瓶子留在盥洗间了。就在那儿他把喷雾器灌满了香水。在他买了这些东西之后,一定就上这儿来了,因为开始下雨了。"

"我记得他进来的时候。"一个侍者说。

"在大家的欢笑和歌声中,他也变得很快活。"

"他快活就够了,"我说,"可事实上他好像轻浮起来了。"

这位经理保持着他那冷酷的西班牙逻辑。

"那喝酒引起的快活,再加上肺部的脆弱。"他说。

"我不喜欢这样的故事。"我说。

"听着,"经理说,"这真是太少见了。他的快活碰到了战争的严肃,像蝴蝶——"

"呵,真像一只蝴蝶,"我说,"太像一只蝴蝶了。"

"我不是开玩笑,"经理说,"你明白吗?像一只蝴蝶和一辆坦克。"

这使他十分满意。他进入到真正的西班牙式的形而上学中去了。

"本店请你喝一杯酒,"他说,"你一定要写篇关于这件事的小说。"

我想起那个拿喷雾器的人,有着灰色蜡样的手和灰色蜡样的脸,胳膊伸着,两腿弯曲,他真有点像只蝴蝶;不算太像,你知道。但他也不十分像人,他太使我想起是只死了的麻雀。

"我要杜松子酒和雪威白汁。"我说。

"你一定要写篇小说,"经理说,"给,我祝你运气好。"

"运气,"我说,"看,一位英国女郎昨晚告诉我不应该写这个故事,因为这对革命会起很不好的影响。"

"瞎说,"经理说,"这很有趣而且重要,这种被误解了的快活碰到了总留在这儿的过分的严肃。在我这儿是很少见的和很有趣儿的事情,我很久没有看到了。你一定要写。"

"好,"我说,"一定写。他有孩子吗?"

"没有,"他说,"我问过警察。但你一定要写下来,叫做蝴蝶与坦克。"

"好,"我说,"可是我不大喜欢这个题目。"

"这题目十分文雅,"这位经理说,"这是纯文艺的。"

"好,"我说,"一定。我们就这么叫它的名字。蝴蝶与坦克。"

我坐在那儿,在那个明亮的快活的早晨,你能闻到那个地方有一股干净和新鲜空气的味道,那儿是新打扫过的。这位经理,他是一位老朋友而且现在正对我们一块做的文章感到很满意,我呷了一口杜松子酒兑汁水,从沙袋堆着的窗户望出去,想着那位跪在那儿的妻子喊着:"巴特鲁,巴特鲁,谁打死你的,巴特鲁?"我想到警察们是永远没法告诉她的,即使他们知道了开枪人的名字。

# 大战前夕

这个时光，我们在一所为炮弹所毁的屋子里工作着，这屋子俯视着马德里的克沙特尔坎坡。我们下面正在进行战斗。你可以看到它在你下面展开着一直延伸到群山间，可以闻到它的气味，可以尝到它的灰尘。而它的喧嚣则是一大片不断的来复枪和自动步枪声，时起时落，这中间夹着大炮的怒吼和我们后面的炮队所发出的连珠炮似的隆隆声，它们低沉的爆炸声，之后便是卷起来的黄色尘烟。可就是太远了点，不能照得清楚。我们曾经试着靠近一点去工作，但他们不断地对着摄影机射击，你就不能工作了。

那架大摄影机是我们最值钱的东西，如果它被击毁我们就完蛋了。我们摄这些镜头几乎不花什么钱，而所有的钱都花在一盒盒的胶片和摄影机上。我们浪费不起胶片，也不得不对摄影机非常小心。

前一天，我们被迫放弃了一块对摄影很有利的地形，我不得不爬回来，将小摄影机放在肚子下面，试着拼命把头缩到比肩膀还低，用我的两肘支撑着，子弹呼呼地射到我身后的墙上，有两次泥土溅了我一身。

我们最激烈的进攻是在下午，天晓得为了什么，因为那时太阳照在法西斯的背上，也照在摄影机的镜头上，使得它好像太阳神在眨眼睛，摩尔人便对着它开火。他们就认得太阳神和军官的望远镜。在山上你如果希望被射中的话，只要拿起一副望远镜，不把它们遮掩好就行了。他们真能射击，他们使我的嘴干了一整天。

下午，我们转移到一所屋子里。这是块工作的好地方，我们在一个阳台上用块破格子窗帘把摄影机遮了起来。但像我所说的，目标就太远了。

要把满是松林的山坡、小湖和石砌农舍的外形照清楚并不算远，它们突然隐没在被炮弹击中后掀起的碎石尘中，而要摄取轰炸机飞去之后在山顶所扬起的烟云和泥土也不算太远。但在八百到一千码外的坦克看来像是土色的小甲虫在树丛里骚动着，喷射着细小的光芒，而在坦克后面的人像是趴着的玩具人，然后匍匐着、奔跑着，接着再一次地匍匐和奔跑，当坦克车前进时，或是趴在原地向山坡窥视。我们希望能抓住战争的情景。我们有了许多近摄，碰上运气还会摄得多一点。要是我们能够摄得泥土四处迸射，弹片横飞，被黄光所照亮的滚滚烟尘，以及手榴弹的白色花朵，那我们就得到了所要的那些战争情景的重要镜头。

当天光昏暗时，我们把大摄影机扛下楼，去掉支架，拆成三件，分开拿着拐过巴苏、罗塞尔的大火延烧的角落，冲到了老蒙塔那兵营马厩的石墙边。我们为自己找了一个好的工作地点而感到高兴。但是我们一直在安慰自己，说摄影目标并不太远。

"来呀，让我们到却柯特酒吧去。"我说，在我们爬上往佛罗里达旅馆的山路时。

但是他们要修理一架摄影机，换胶片，密封摄过的底片，所以我一个人去了。在西班牙，你永远不会孤单的，换换空气感到很好。

当我在四月的黄昏里开始走上格兰伐亚大道到却柯特去

126

时，我感到快活、轻松和兴奋。我们曾辛苦工作，而且我认为干得不坏。但是当我孤零零地在街上走时，我的一切得意都消失了。现在我是孤独的，而且也没有什么值得兴奋的事情。我就知道我们离开目标太远了，而且任何一个蠢人都能看出这次进攻是个失败。这一整天我心里都明明白白，但人是常常被希望和乐观所欺骗的。想到目前这个样子，我知道还是和在苏姆时一样。这又是一次浴血的战斗，人民的军队总算采取攻势了。但这样的进攻方法只能得出一个结果——毁灭自己，而现在当我仔细一想整天所看到的和听到的，我感到太难受了。

我在却柯特的烟雾和喧嚣中明白了这次进攻是个失败，而当我在拥挤的酒吧里喝第一杯酒时，我就更明白了。当一切顺利的时候，你却感到消沉，喝一杯会使你感到好受一点儿。当情况真的糟透了而你却安然无恙，喝一杯反而会使你对情况了解得更清楚。现在，却柯特太挤了，你必须用肘子挤出点空档才能把酒倒进嘴里。我吞了一大口之后，便有人碰了我一下，结果我把杯里的一些威士忌和苏打水泼洒了。我气愤地四下望了一眼，而碰我的人却笑了起来。

"哈罗，鱼面孔。"他说。

"哈罗，你这只山羊。"

"让我们找张桌子，"他说，"我撞你时，你好像真的发火了。"

"你从哪儿来？"我问。他的皮外套又脏又油腻，眼睛深陷，胡子长得应该刮了。他有支大号柯尔得自动手枪，用皮带挂在腿旁边，这是我熟悉的三个人合用的，我们常常出去为他们找子弹。他的个子很高，脸色则是乌烟漆黑，满是油腻。他有顶皮头盔，一块厚皮在帽顶上纵贯前后，帽边上也加了厚皮。

“你从哪儿来？”

“卡沙特尔坎坡。”他说。用唱歌似的讥嘲的声调，这是我们有一次在新奥尔良一家旅馆里听到一个侍童在应接室里叫人的声音，到现在还是我们私人间的笑料。

“那边有张桌子，”我说，当两个兵士和两个女人站起来走后，“我们去坐在那儿。”

我们在屋子当中的一张桌旁坐了下来，我看着他举起他的酒杯。他的双手满是油腻，两只大拇指的分支处黑得像是石墨，这是从机关枪后膛上擦来的。端着酒杯的手则在颤抖。

“看它们，”他伸出了另一只手，它也在颤抖，“两只都一样。”他用同样轻快嬉笑的语调说着。接着，严肃地，“你也到过那边？”

“我们在那边拍摄影片。”

“拍得好吗？”

“不太好。”

“看见我们了吗？”

“在什么地方？”

“在进攻农舍，今天下午三点二十五分。”

“哦，是的。”

“喜欢吗？”

“并不。”

“我也不喜欢，”他说，“整个事件就像是发疯的木虱。为什么他们要在这情况下发动正面进攻呢？见鬼，是谁想出来的？”

“这个杂种叫拉果·卡巴莱罗，”一个矮矮的戴着厚玻璃眼镜的人说，他在我们走过来的时候，就坐在这张桌子边，“他们第一次让他用望远镜瞭望时，他就成了将军。这是他的杰作。”

我们两个人都看着这个说话的人。阿尔·华格纳，那个开坦克的人，望着我，扬起他在没被烧掉以前算是眉毛的部位。这个矮小的人对我们笑着。

“如果在这附近有人懂英语，你要被枪决的，同志。”阿尔对他说。

“不，”那个矮小的人说，“拉果·卡巴莱罗才要被枪决。他应该被枪决。”

“听着，同志，”阿尔说，“请你说话轻一点儿好不好？也许有人在偷听，还以为我们是和你一起的。”

“我知道我在说什么。”那个矮矮的带厚眼镜的人说。我仔细打量着他。他给你一种并不是在胡说的感觉。

“都一样，你说出你所知道的东西并不是件好事。”我说，“干一杯？”

“好，”他说，“跟你说说可不要紧。我知道你的，你不会出毛病。”

“我并不见得像你说的那么可靠，”我说，“而且这里是公共酒吧间。”

“公共酒吧间是唯一可以私谈的地方，没有人能听得到我们在这儿说什么。你是哪个部队的，同志？”

“我是坦克部队的，离这儿有八分钟的路程。”阿尔对他说，“我们已经结束了一天的战斗，而且上半夜我可以休息。”

“为什么你不去洗一洗呢？”我说。

“我打算从这儿出去后，在你屋子里洗个澡。”阿尔说，“你有机修工用的肥皂吗？”

“没有。”

“那也没关系，”他说，“我口袋里有一点儿，这是我省下来的。"

那个矮小的戴厚眼镜的人盯着阿尔看。

"你是党员吗,同志?"他问。

"当然是。"阿尔说。

"我知道亨利同志就不是。"那矮小的人说。

"我就不信任他,"阿尔说,"我永不会信他的。"

"你这个混蛋,"我说,"要走吗?"

"不,"阿尔说,"我很需要再喝一杯。"

"我完全了解亨利同志,"那矮小的人说,"现在让我告诉你点儿关于拉果·卡巴莱罗的事情。"

"我们一定要听吗?"阿尔说,"别忘了我是在人民军里的。你不认为这些事儿会使我丧气吗?"

"你要知道他脑袋胀得有多大,现在他都要疯了。他是总理兼国防部长,没有人敢跟他谈话。你知道他只是个地地道道的工会领袖,地位在已死的珊姆·龚泊尔和约翰·刘易士之间,但是这位阿莱克司坦发现了他。"

"请讲得慢一点,"阿尔说,"我来不及听。"

"哦,阿莱克司坦发现了他。阿莱克司坦现在是驻巴黎的大使。你知道,是他推荐拉果的。他称拉果是西班牙的列宁,于是这个可怜的人便拼命想和列宁看齐,有人让他在望远镜里看了一下,他就以为自己是克劳维支(德国著名的战略家——译者)了。"

"你以前已经说过了,"阿尔冷冷地说,"你根据什么呢?"

"啊,三天前在内阁会议上他谈了军事问题。他们讨论了我们今天正在干的事,而后,若·海南达故意捉弄了他一下,问他战术和战略有什么区别。你晓得这个老家伙说些什么?"

"不知道。"阿尔说。我看出这位新同志有点不耐烦了。

"他说:'所谓战术是你从正面进攻敌人,所谓战略则是两面包抄。'这话不稀奇吗?"

"你走远点,同志,"阿尔说,"你是越来越叫人泄气了。"

"可是我们必须把拉果·卡巴莱罗赶走,"矮同志说,"等这次进攻结束之后就把他赶走,这件蠢事将结束他的事业。"

"好吧,同志。"阿尔告诉他,"但是我必须在早晨进攻。"

"哦,你还要进攻吗?"

"听着,同志。你爱说什么废话就说什么,这很有意思,我已经不小了,听得出好歹来。但是不要向我提任何问题,懂吗?你会惹麻烦的。"

"我只是私人之间说说,不是什么情报。"

"我们的交情还谈不上私人问题,同志。"阿尔说,"你为什么不到别桌去,让亨利和我谈谈,我要问他一些事儿。"

"敬礼,同志,"矮个子说,站了起来,"下次见。"

"好,"阿尔说,"下次。"

我们注视着他走到另一张桌子去。他打了个招呼,有些兵士便给他让了个位子,我们可以看到他开始在说话。

他们看来都很有兴趣。

"你知道这小子是什么人吗?"阿尔问。

"我不知道。"

"我也是,"阿尔说,"他居然探听到这次反攻的消息。"

他喝了口酒,伸出手来,"你看,现在一切都好了。我并不是酒鬼。我从来不在进攻前喝酒。"

"今天怎么样?"

"你看见的。你看怎么样？"

"太可怕了。"

"就是这样，这个字完全正确。太可怕了。我猜想他现在战略、战术全用上了，因为我们在正面和两侧都发动了进攻。别的方面进展得怎样？"

"杜伦占领了新跑马场，希普德罗莫。我们沿着通往大学城的通道逼进。上边我们越过了柯鲁纳路。但是从昨天早上起，我们就被迫在塞鲁·特·阿居拉停了下来。今天早晨我们再次进攻。我听说，杜伦的纵队损失了一半。你那儿怎么样？"

"明天我们还要进攻那些农舍和教堂，山上那个他们叫做隐士教堂的是目标。整个山坡都布满了战壕，其中最少有三条里面设置了机关枪火力点。他们的工事挖得又深又好。而我们没有足够的炮火可以铺天盖地压住他们的火力，也没有重炮能把他们轰跑。他们在那三座屋子里布有反坦克炮，教堂那里还有一个反坦克炮队。这简直是一场屠杀。"

"什么时候进攻？"

"别问我，我没有权力告诉你。"

"我的意思是我们要去摄影片，"我说，"影片的钱是用来买救护车的。我们在阿根达桥的反击中拍摄了第十二纵队。在上星期平加隆的进攻战中，我们又一次拍摄了第十二纵队。我们拍了许多好的坦克镜头。"

"可那坦克的画面没有用。"阿尔说。

"我知道，"我说，"但是它们拍在影片里很好。明天怎么样？"

"只要早点起来等着，"他说，"不用太早。"

"你现在觉得怎么样？"

"我太累了，"他说，"我头疼得厉害，可是现在我觉得好多了。让我们再喝一杯，然后上你那儿去洗个澡。"

"也许我们应该先吃饭。"

"我这个样子去吃饭太脏了。你先去占个位子，我去洗澡，再到格兰伐亚和你碰头。"

"我和你一块去。"

"不，最好还是去占个位子，我会去找你的。"他把头伸到桌子上面来，"老兄，我的脑袋真疼，这是那车子里的噪音闹的。我现在虽然听不见这种声音，可脑子里还在轰轰响。"

"你为什么不去睡觉呢？"

"不，我情愿和你待一会儿，再回去睡觉。我不想睡了再起来。"

"你没有得恐怖症吧？"

"没有，"他说，"我很正常。你听着，汉克。我不愿意多说废话，可是我想我明天会被打死的。"

我用我的手指尖在桌上敲了三下。（逢凶化吉的意思——译者）

"每个人都有这个预感，我已经感到过好几次了。"

"不，"他说，"对于我这并不是自然发生的。明天我们要干的完全是丧失理智的。我甚至没有把握，能不能把他们都赶到那儿去。要是他们不愿意去的话，你就没法使他们动一动。就是事后枪毙他们也不行。到那个时候，他们不肯去就是不肯去，即使你开枪打他们也还是不去。"

"也许到时候事情会顺利的。"

"不。我们明天有精良的步兵，他们是什么地方都肯去的，不像头一天我们那些胆小的混蛋。"

"也许一切会顺顺当当的。"

"不，"他说，"不会顺当的。只能是我力所能及的那样顺当。我能使他们开步走，我能把他们带到一个个不肯再走的地方。也许他们会去的。我有三个可靠的人，只要他们当中任何一个在开始时没有被打死。"

"那些可靠的人都是谁？"

"有一个从芝加哥来的希腊大汉，他什么地方都肯去，他一直跟他们来的时候一样好。还有一个从马赛来的法国人，他的左肩上还有两处伤没有收口，绑着石膏绷带，却要求离开皇宫旅馆的伤兵医院，去参加这次演出，他还得用皮带捆在车上，我不知道他能怎么个干法。我是从技术角度说的。他使你心碎。他以前是个出租汽车司机。"他停了下来，"我说得太多了。我如果说得太多，就叫我停下来好了。"

"谁是第三个人呢？"我问。

"第三个？我说过第三个吗？"

"当然说过。"

"哦，对，"他说，"那就是我。"

"其他的人呢？"

"他们是机修人员，他们不能被训练成兵士。他们不能掌握战机，而且他们都怕死。我试着叫他们不要怕死，"他说，"但每次进攻，这怕死的念头又出现了。你看到他们戴着头盔立在坦克旁边时真像是坦克兵，他们坐进去时也像坦克兵。但他们将顶盖一翻下，坦克里面实在没有东西了。他们不是坦克兵，可是到现在我们还没有时间去训练新人。"

"你要洗澡吗？"

"让我们再坐一会儿，"他说，"这里很好。"

"这是很可笑的，战场就在街尽头，你可以走过去，然后离开那儿跑到这里来。"

"接着再回到战争中去。"阿尔说。

"来个女人好吗？在佛罗里达有两个美国姑娘，新闻记者。也许你可以找一个。"

"我不情愿去和她们谈。我太疲倦了。"

"那边屋角的桌上有两个从苏达来的摩尔女人。"

他看看她们。她们两个都长得挺黑，头发蓬松。一个大个子，一个很小，但她们两个都又强壮又活泼。

"不，"阿尔说，"明天我会看到许多摩尔人，用不着今晚和她们玩。"

"那里有许多女人，"我说，"曼娜丽泰住在佛罗里达旅馆，那个和她同住的保卫局的家伙已经到弗伦西亚去了。她对每个男人都跟对他一样忠实。"

"听着，汉克，你到底要把我推到什么地方去？"

"我不过是想让你高兴高兴。"

"多一个人有什么用呢？"他说。

"多一个人总好一点。"

"我一点儿也不在乎死，"他说，"死是一些废话，不过是白白浪费。这次进攻是错误的而且是白白浪费。我现在能好好操纵坦克了，如果我有时间，我也能成一个优秀的坦克专家。而且如果我们能有批跑得快一点的坦克，就不会像现在这样既没有灵活性还不停地挨反坦克炮打。听着，汉克，不像我们原来想的那样了。你记得那时人人都以为只要我们有坦克就行了吗？"

"它们在瓜达拉加雪之战里很好。"

"当然。可那些都是老手，他们是战士，而且是和意大利人作战。"

"但是现在怎么样了呢？"

　　"现在有一大堆事儿。这些雇佣军只订了六个月的合同，他们大部分是法国人，五个月之中他们像个兵，但是现在他们要做的是活过这最后的一个月，然后回家去。现在他们一文不值了。政府买这批坦克时跟着来的那批作为示范的俄国人有的不错，有的不好，但现在据说被抽到中国去了。新的西班牙士兵有好有坏。当一个优秀的坦克兵需要经过六个月的训练，我的意思是真正懂得一点儿东西。而要能掌握战机和灵活作战，你必须有些才干。可我们现在只花六个星期的时间来训练他们，而有才干的人又不多。"

　　"可他们训练出了很好的飞行员。"

　　"他们也能够成为很好的坦克兵，但是你必须挑那些目标明确的人。这有点像牧师。他们必须是特别铸造的人，尤其是现在对方的反坦克炮太多了。"

　　却柯特酒店已经关门了，现在正在上锁，已经不许进人了，但离打烊还有半个钟头。

　　"我喜欢这个地方，"阿尔说，"现在这里不太吵闹。那时我在新奥尔良遇到你，我是在船上，我们便上蒙德里翁酒吧喝一杯，那个长得像圣者瑟巴斯西安的侍童，当我给他两毛五分钱去请史洛白先生，他喊人的声音就像唱歌似的可笑，你还记得吗？"

　　"这和你说'卡沙特尔坎坡'是一样的。"

　　"可不是，"他说，"我每次想起来就发笑。"他接着又说，"你看，现在他们不再害怕坦克了。没有一个人怕，就连我们自己也不怕。但是坦克还是有用的，确实有用的。现在只有碰到反坦克炮时，它们才无能为力。也许我应该参加别的兵种，也不是真想这么做，因为它们仍然起作用。但是照目前的情形，你必须给他们指出目标。现在你必须做许多政治工作，才能培养出一个好的坦克兵。"

"你就是一个很好的坦克兵。"

"但是明天我希望换件事干干,"他说,"我说得十分扫兴。你尽可以说扫兴的话,只要这种话并不伤害任何人。你知道我是很喜欢坦克的,只是我们总用得不得法,因为步兵还不熟悉它。他们只想在前进的时候,有那批破坦克在前面给他们当掩护,这不是好现象。他们就此依赖坦克,没有坦克他们就不肯移动,有时他们连展开队伍都不愿意。"

"我知道。"

"但是你看,如果你有一批称职的坦克兵,他们会打头阵,用机关枪扫射,然后绕到步兵的后面去压住对方的炮火,把它打毁,再用火力支持步兵来掩护他们的进攻。其余的坦克还可以冲破机关枪巢,像骑兵一样。它们能跨过战壕,能直射和侧击。坦克可以在适当的时候带着步兵冲锋,或是在他们顺利前进的时候掩护他们。"

"但是事实上呢?"

"事实上它将会遇到和明天一样的情形。我们的大炮少得可怜,只能把坦克当作有一点儿流动性的铁甲炮队用。而当坦克站定的时候,当作轻炮队用,你便失去了机动性和安全,对方就可以用反坦克炮来射击你。如果我们不是站着的话,我们就成了一种在步兵前头推进的铁甲开道车。而近来你甚至不知道这些开道车是否可以推进,或是里面的车手会不会把它们推进。而且你到了目的地,也不会知道后面是不是有人跟着你前进。"

"你们现在一旅有几辆?"

"一团有六辆,一旅有三十辆。原则上是这样的。"

"你为什么现在不一起走,去洗个澡,然后一块儿吃晚饭？"

"好吧。但是你不能就此这么照顾我，或是以为我在担心什么，因为我并不担心。我只是累了，想聊聊天。你也不必说那些鼓励的话，因为我们已经有了个政治指导员，我很清楚自己是为什么才作战的，我也并不担心。但是我喜欢事情办得效率高，尽量发挥聪明才智。"

"为什么你认为我要说鼓励的话呢？"

"你已经开始像这样的了。"

"我是想问你要不要找个女人，别净说那些关于战死的扫兴话。"

"哦，今儿晚上我不想要什么女人，我爱怎么说就怎么说，除非这些扫兴的话妨碍了别人。这妨碍你了吗？"

"走吧，洗澡去吧。"我说，"你爱怎么说就怎么说，管它是不是扫兴透顶。"

"你知道那个自以为什么都懂的矮子是谁吗？"

"我不知道，"我说，"可是我可以打听出来。"

"他使我忧郁，"阿尔说，"来吧，我们走。"

那个秃顶的老侍者开了却柯特的店门，让我们走到街上。

"攻势怎样，同志们？"他在门口说。

"不错，同志，"阿尔说，"打得很好。"

"我很高兴，"侍者说，"我的孩子在一四五旅。你见过他们吗？"

"我是坦克部队的，"阿尔说，"这个同志是摄影的。你看到过一四五旅吗？"

"没有。"我说。

"他们在埃克斯特雷门杜拉路，"那个老侍者说，"我的孩子是他团里机关枪连的政治指导员。他是我最小的儿子,他二十岁。"

"你是参加什么党的,同志?"阿尔问他。

"我没参加什么党,"侍者说,"但我的孩子是个共产党员。"

"我也是,"阿尔说,"进攻,同志,还没有得到定论。这是很困难的,法西斯们占着牢固的据点。你们在后方的,必须和我们在前方的一样坚定。目前我们不一定能夺取这些据点,但是我们已经证明,现在我们有了一支能够进攻的军队,你将会看到它做些什么的。"

"那条埃克斯特雷门杜拉路呢?"那个老侍者问,还拉住门,"那边很危险吧?"

"没有,"阿尔说,"那边很好。他在那儿你不必担心。"

"上帝祝福你,"侍者说,"上帝保佑你守护你。"

走到外面黑暗的街上,阿尔说:"啊,他的政治意识有点糊涂,不是吗?"

"他是个好人,"我说,"我认识他已经很久了。"

"他看来像个好人,"阿尔说,"但在政治意识上他应该学得聪明一点。"

佛罗里达旅馆的房间里挤满了人。他们在放留声机,屋子里充满了烟雾,地板上有人在玩骰子。同志们不断地进来用那只洗澡盆,因此这间屋子充满了烟雾、肥皂、龌龊的军服和浴室里透出来的水汽的味儿。

那个名叫曼娜丽泰的西班牙姑娘却很整洁,她打扮端庄,有点儿假充法国式的时髦,十分悦人而又庄重,一双冷静的眼睛紧盯着。这时她正坐在一张床上和一个英国新闻记者谈话。除了那架留声机,不算太吵闹。

"这是不是你的房间？"那个英国新闻记者说。

"在服务台上签着我的名字，"我说，"有时候我来睡觉。"

"这威士忌酒是谁的？"他问。

"我的，"曼娜丽泰说，"他们喝了那瓶酒，因此我另外搞了一瓶来。"

"你是一个好孩子，姑娘，"我说，"这是我欠你的第三瓶。"

"两瓶，"她说，"还有一瓶算是礼物。"

那儿有一大块熟火腿，边上又红又白，装在一个打开一半的罐头里，就放在打字机旁。一个同志站起来用小刀割一片火腿，然后再回去掷骰子。我也切了一片。

"下一个就轮到你洗。"我对阿尔说。他正四面打量着房间。

"这儿很好，"他说，"火腿从哪儿弄来的？"

"我们从一个纵队军需官那儿买来的，"她说，"它不是很精彩吗？"

"谁是我们？"

"他和我，"她说，把头转向那个英国记者，"你不觉得他很讨人喜欢吗？"

"曼娜丽泰是好心人，"英国人说，"我希望我们不曾打扰你们。"

"一点儿也没有，"我说，"晚些时候我也许要用这张床，不过要很晚很晚。"

"我们可以在我的屋子举行晚会，"曼娜丽泰说，"你不会讨厌吧，亨利？"

"永远不会，"我说，"那儿几个掷骰子的同志是谁？"

"我不认识，"曼娜丽泰说，"他们是来洗澡的，后来又留下来掷骰子，每个人都挺安分。你听到我的坏消息了吗？"

"没有。"

"这消息很糟糕。你知道我的未婚夫，他在警察部队，到巴塞罗那去了吗？"

"是的，没错。"

阿尔走进浴室去了。

"呀，他在一次意外事件中被打死了。而我在警察圈子里没有一个可依靠的人，他没有把答应过给我的证件签出来，今天我听说我可能要被逮捕。"

"为什么？"

"因为我没有证件。他们说我跟着你们这批人，又时常混在纵队里来的人中间，因此我可能是个间谍。如果我的未婚夫没有被打死，就没事了。你能帮帮我吗？"

"可以，"我说，"如果你是个好人，什么事也不会发生的。"

"我想我跟你在一起会好些。"

"如果你有问题，那就热闹了，不是吗？"

"我不能和你在一起吗？"

"不能。如果你遇到困难就来找我，我从来没听见你向任何人打听过什么军事问题。我想你不要紧。"

"我真的没问题，"她说着便把身子向前一俯，离开了那个英国人，"你以为和他在一起不要紧吧？他可靠吗？"

"我怎么知道？"我说，"我从来没见过他。"

"你生气了，"她说，"现在让我们不再去想它，每个人都应该快快活活，去吃饭吧。"

我到那些玩掷骰子的那儿去。

"你们想出去吃饭吗？"

"不，同志，"抓紧骰子的人头也没抬地说，"你想玩掷骰子吗？"

"我要吃饭。"

"你回来的时候，我们还在这儿。"另一个掷骰子的人说，"来吧，扔呀，扔呀，我已经替你下了注。"

"如果你弄到钱，就拿到这儿来掷骰子。"

这屋子里除了曼娜丽泰之外，还有一个我认识的人。他是从第十二旅来的，他正在玩留声机。他是一个匈牙利人，一个忧郁的匈牙利人，不是那种乐天派。

"敬礼，同志，"他说，"多谢你的款待。"

"你不掷骰子吗？"我问他。

"我没有那种闲钱，"他说，"他们是签合同的飞行员。雇来的人……他们一个月赚一千元。他们本来在蒂鲁尔前线，现在到这儿来了。"

"他们怎么会上这儿来的呢？"

"他们当中有一个认识你，但是他不得不到机场去。他们坐着车子来找他，而掷骰子早已开始了。"

"你到这儿来我很高兴，"我说，"随时都可以来，把它当作你自己的屋子好了。"

"我是来听这些新唱片的，"他说，"这没打扰你吧？"

"不，这很好。来一杯吧。"

"要一点火腿。"他说。

玩的人当中有一个站起来割了一片火腿。

"最近你有没有看见这个屋子的主人亨利？"他问我。

"我就是。"

"哦，"他说，"对不起。要玩掷骰子吗？"

"等一会儿。"我说。

"好吧,"他说。他嘴里塞满了火腿,"听着,你这个没出息的混蛋,把你的骰子先往墙上敲一下再扔出去。"

"这对你没有什么不同,同志。"掷骰子的人说。

阿尔从浴室里出来,他看来完全洗干净了,不过眼圈上还有一些污渍。

"你可以用一条毛巾把这些擦干净。"我说。

"什么?"

"用镜子再照一照。"

"镜子上水汽太多了,"他说,"管他妈的,我觉得挺干净了。"

"我们吃饭去,"他说,"来呀,曼娜丽泰。你们俩人认识吗?"

我看见她用眼睛打量着阿尔。

"你好吗?"曼娜丽泰说。

"我说这是个好主意,"那个英国人说,"让我们吃饭去。但是上哪儿呢?"

"那边在掷骰子吗?"阿尔说。

"你进来没看见吗?"

"没有,"他说,"我只看见火腿了。"

"那是赌骰子。"

"你去吃饭吧,"阿尔说,"我留在这儿。"

当我们出去的时候,一共有六个人在地上,阿尔·华格纳正站起身来切火腿。

"你是干什么的,同志?"我听见一个飞行员跟阿尔说。

"坦克。"

"告诉我它们已经没有用处了。"那个飞行员说。

"告诉你的东西多啦，"阿尔说，"你们那边在干什么？掷骰子吗？"

"你想看看吗？"

"不，"阿尔说，"我要玩。"

我们走下过道，曼娜丽泰、我和那个高高的英国人，而且看见那批年轻人已经到格兰伐亚饭店去了。那个匈牙利人留下来重放新唱片。我觉得很饿，而饭店里的菜又很粗劣。那个摄影片的人已经吃完，而且回去修理那架损坏的摄影机去了。

这家饭店开在地下室里，你必须走过一个卫兵，穿过厨房，下一道楼梯才到那里。这真是骗局。

那儿只有清水小米汤，黄糙米拌马肉，橘子当点心。那儿还有一种人人都嫌不好的小鸡豆炒腊肠，现在连这个也卖完了。新闻记者们全坐在一起，其余的桌子被军官和却柯特来的女人们占了，还有从设在对面电话局的新闻检查处来的人，以及各不相识的市民们。

这家饭店是一批无政府主义者合伙开的，他们卖给你的酒却贴有皇家酒窖的封条，上面还签有入窖的日期。多数的酒太陈了，不是充满木塞子气味，就是全失酒味，或是瓶子碎了的。可是你不能光喝那些封条，所以我连换了三瓶，最后换到一瓶还算可以喝的酒。为此还吵了一场。

侍者们不懂得各种不同的酒名，他们只拿出一瓶酒来让你碰运气。他们和却柯特的侍者完全不同，有如黑白之差。这儿的侍者全是下贱货，他们都要很高的小费。他们常常备有特殊的菜如龙虾或鸡，然后以高价出售。可是连这些也都在我们到来之前卖完了，所以我们只得要了汤、米饭和橘子。这个地方常常叫我冒火，因为那些侍者们是一伙狡猾的奸商，如果你要一道特别的菜，那你的花费就跟纽约的"廿一点"或"殖民地"（都是饭馆——译者）一样高。

我们坐下来，而且有了一瓶不坏的酒，你一尝就知道这酒快没味了，为此却不值得跟他们吵一场。这时阿尔·华格纳进来了，他看了看屋子的四周，瞧见了我们就走了过来。

"怎么啦？"我说。

"他们叫我破产了。"他说。

"没多长时间呀？"

"跟那批人玩用不着很长时间，"他说，"他们下的注很大。这儿有什么好吃的吗？"

我叫了一个侍者过来。

"太晚了，"他说，"我们不能上什么菜了。"

"这位同志是坦克部队的，"我说，"他打了一整天仗，明天他还要去，而他一点东西也没吃过。"

"这不能怪我，"那个侍者说，"已经太晚了，这儿什么也没有了。他为什么不到部队里去吃？军队里有很多吃的。"

"我请他来一块吃的。"

"你应该早点说，现在已经太晚了，我们已经不做菜了。"

"叫头头来。"

那个侍者头说厨师已经回家，厨房已经熄火，说着他走了。他们对我们退坏酒的事还在生气。

"见鬼，"阿尔说，"我们到别处去吧。"

"这个时候你没有地方可以吃到东西了。他们有吃的，我只要过去跟那个头头打个招呼，多给他几个钱就行了。"

我走过去这样做了，那个绷着脸的侍者端出一碟冻肉片，半只龙虾和一点蛋黄酱，还有一盆生菜拌扁豆。这是那个侍者头从他私人储藏里拿出来卖的，他藏起来准备带回家，或是卖给迟来的客人。

"你花了好多钱吧?"阿尔问。

"没有。"我撒了个谎。

"我敢打赌你花了不少钱。"他说,"等我拿了薪金,我会和你结账的。"

"你现在的薪金是多少?"

"我还不知道,本来是十个披士打一天,但我现在是个军官,他们给加薪了。但我们还没有拿到手,我也没问过。"

"同志。"我叫那个侍者。他走过来,还在冒火,因为侍者头越过他去侍候阿尔。"请你再拿一瓶酒来。"

"哪一种?"

"随便哪一种,不要太陈而失了酒味的。"

"都是一样的。"

我用西班牙话骂了一声类似"见鬼"的话,那个侍者拿了一瓶1906年摩顿洛斯契尔德堡的酒,味儿美得正好跟我们最后喝的那瓶红葡萄酒相反。

"老兄,这才叫酒呢,"阿尔说,"你跟他说了些什么,他拿这个酒来?"

"没说什么,他只是刚巧从酒库里抽出一瓶来。"

"从皇家酒窖里拿来的多数都有点怪味。"

"这是因为太陈了。对于酒来说这里的气候最糟糕。"

"那边就是那个'聪明同志'。"阿尔朝另一张桌子点点头。

那个戴厚玻璃眼镜的矮子,曾向我们谈到拉果·卡巴莱罗的,正在和一批我知道是很了不起的人物谈话。

"我想他大概也是个人物。"我说。

"他们这种人地位相当高,讲起话来一点也不注意。我倒是情愿他等明天再说刚才的话。对我来说,明天已经被糟蹋掉了。”

我把他的酒杯倒满。

“他说的听起来很有道理，”阿尔说下去，“我想了又想，但是我的职责是照命令去做。”

“不要担心这些，还是睡一会儿吧。”

“我还要去赌，如果你肯借给我一千个披士打。”阿尔说，“我会赢更多的钱，我可以把我领薪金的单子给你。”

“我不要薪金单，等你拿到钱再还我。”

“我想我是不会去领的了。”阿尔说，“我真扫兴是不是？我知道赌博是一种放纵主义，可是只有赌博时我才不会去想明天。”

“你喜欢那个曼娜丽泰姑娘吗？她很喜欢你。”

“她的一对眼睛像蛇一样。”

“这个女人不错，她很友好而且也可靠。”

“我不需要什么女人，我要回去掷骰子。”

桌子的一头，曼娜丽泰正在笑那个新来的英国人讲的一句西班牙话。大多数的人已离开餐桌。

“让我们把这点酒喝完了走吧。”阿尔说，“你不来参加掷骰子吗？”

“我看你玩一会儿。”我说完了便叫侍者把账单拿来。

“你们上哪儿去？”曼娜丽泰从桌子那头喊着。

“回屋里去。”

“我们待一会儿来，”她说，“这个人真滑稽。”

“她真的把我弄窘了，”那个英国人说，“她专挑我西班牙话里的错字。我说‘赖西’，那意思不是牛奶吗？”

“那只是一种解释。”

“它的意思是一种粗俗的东西吗？”

"我想是吧。"我说。

"你知道这真是一种粗俗的语言。"他说,"曼娜丽泰你别再扯我腿了,我说别这样了。"

"我没有扯你的腿,"曼娜丽泰大笑着说,"我从来没有碰过你的腿。我只是笑'赖西'这个词。"(扯腿即戏弄的意思——译者)

"但这的确是指牛奶的意思,你刚才不是听爱德温·亨利说过吗?"

曼娜丽泰又大笑了起来。我们便站起来走了。

"他是个傻瓜,"阿尔说,"我几乎因为他的傻劲想把她带走。"

"你从来猜不透英国人。"我说。这是一句如此刻薄的评语,我知道我们酒喝得太多了。外面街上已经变冷了,在月光下大朵的白云飘过格兰佛亚山谷有建筑物的一面。我们走上人行道,水泥路上清楚地留着白天新炸成的弹坑,连碎石都未曾扫去。我们向佛罗里达旅馆所在的卡罗广场走去,从那儿往下看是另一座小山,那儿有一条通往火线的宽街。

我们经过那站在旅馆门外黑暗中的两个卫兵身边,在门道里听了一会儿儿街尾的枪声,它渐渐连成一串,最后消失了。

"如果枪声继续下去,我想我该下山了。"阿尔一面说一面仔细听着。

"没事儿,"我说,"不管怎么说,枪声是从靠近卡拉朋契尔的左边一带来的。"

"听起来就在山下坎坡那一边。"

"晚上这儿的回声总是这样的,它常常叫你上当。"

"今天晚上他们绝不会反攻,"阿尔说,"他们的地形很有利,而我们是在山涧上,他们不会离开他们的有利地形把我们赶出山涧的。"

"哪一条山涧？"

"你知道它的名字的。"

"哦，那条山涧。"

"是呀，就在那条山涧里，我们连一支船桨都没有。"

"进去吧，你不用去听那些枪声，天天晚上都这样。"

我们走了进去，穿过休息室。经过值班人的服务台时，那个值夜班的人站起身来，送我们到电梯旁。他按了一下电钮，电梯便下来了。电梯里面是一个男人穿着一件白色卷毛夹克，毛皮反穿在外，粉红色的秃头衬着一张涨红了的怒气冲冲的脸。他手上和腋下一共夹了六瓶香槟酒，他说："岂有此理，把电梯降下来干什么？"

"你已经在电梯里呆了一个钟头了。"值班人说。

"我没办法，"穿羊毛夹克的人说，然后转向我，"弗兰克在哪儿？"

"哪一个弗兰克？"

"你认识弗兰克的，"他说，"来帮我开电梯吧。"

"你喝醉了，"我对他说，"别闹了吧，让我们上楼去。"

"你也醉了，"穿白毛夹克的人说，"你也醉了，同志，老同志。听着，弗兰克在哪儿？"

"你知道他在哪儿吗？"

"在一个叫亨利的屋子里，他们在掷骰子。"

"跟我们一块儿走吧，"我说，"不要玩这些电钮了，这就是电梯老不动的缘故。"

"我可以开任何东西，"穿皮夹克的人说，"我可以开这架老家伙，要我试给你看吗？"

"别闹，"阿尔对他说，"你喝醉了，我们要去掷骰子。"

"你是谁? 我要用满装香槟酒的瓶子揍你。"

"试试看,"阿尔说,"我倒想让你清醒清醒,你这个醉鬼,假圣诞老人。"

"醉鬼,假老头儿,"那个秃头说,"醉鬼,假圣诞老人。这就是人民政府给我的报答。"

我们把电梯停在我住的那层楼上,然后走到过道上。

"拿几瓶酒去,"秃头说,接着他又说,"你知道我为什么喝醉了?"

"不知道。"

"好,我不告诉你,但是你会奇怪的。醉鬼,假圣诞老人。好,好,好。你是干什么的,同志?"

"坦克手。"

"而你呢,同志?"

"拍电影的。"

"我却是一个醉鬼,假圣诞老人。好,好,好。我再重复一遍。好,好,好。"

"去吧,把自己泡在酒里去吧,"阿尔说,"你这个醉鬼,假圣诞老人。"

我们已经走到门口,那个穿白毛夹克的人用大拇指和食指挟住阿尔的胳膊。

"你使我高兴,同志,"他说,"你真的使我高兴。"

我打开门,屋子里充满了烟味。掷骰子的人还跟我们离开的时候一样热闹,只是桌上的火腿和瓶里的酒没有了。

"这是秃子。"一个玩骰子的人说。

"你们好吗,同志们,"秃子鞠着躬说,"你们好吗? 你们好吗? 你们好吗?"

赌钱的人散了,他们都过来向他问消息。

"我已经打了报告啦,同志们,"秃子说,"这儿是一些香槟酒。我对这一切已经毫无兴趣了,除了事情经过的最精彩部分。"

"你的飞行员都到哪儿去了?"

"这不是他们的过错,"秃子说,"我正在默想一幕可怕的情景,当那些'飞霞'式飞机从我的头上、身边和机下面飞过的时候,我才明白所有的飞行员都不见了,而我这架万无一失的小飞机也没了尾巴。"

"天哪,我希望你没有喝醉吧?"一个飞行员说。

"可是我是醉了,"秃子说,"我希望诸位先生和同志们能跟我一样,因为今儿晚上我很快活,虽然我被那个无知的坦克兵侮辱了,他叫我醉鬼和假圣诞老人。"

"我希望你清醒一点。"另一个飞行员说,"你后来怎么回机场的?"

"不要问我任何问题!"秃子严肃地说,"我搭了一辆第十二旅的汽车回来的。当我带着万无一失的降落伞着陆时,他们差点儿把我当成法西斯犯罪分子了,因为我的西班牙话说得不好。但是当我说明我的来历以后,一切阻碍便都消失了,而我还受到少有的优待。哦,孩子们,你应当看一看那架容克机起火的情景。'飞霞'机朝我头顶俯冲时,我正在看这幕火景。哦,孩子,我希望我能讲给你们听。"

"他今天在贾勒摩击落了一架三个引擎的容克式轰炸机,而他的飞行员们却破坏了他的任务,他被击落了,跳出飞机来了!"一个飞行员说,"你知道他,秃子杰克逊。"

"你落到什么地方才拉开降落伞的开伞索的,秃子?"另外一个飞行员问他。

"一直落了六千英尺,降落伞紧紧缠住了我,我想我的横隔膜已经裂开了，我以为它会把我勒成两截的。大概有十五架'飞霞'机，我必须躲开他们。我只好延迟开伞，这样我可以落在我们这面的河边。我又不得不跟着伞飘了一段，这使我摔得很厉害，幸亏风向还顺。"

"弗兰克必须回到阿尔卡拉去。"另一个飞行员说，"咱们再玩骰子吧。我们必须在黎明之前回到那边去。"

"我没有心思玩骰子。"秃子说，"我只想用那只泡着烟头的杯子喝点儿香槟酒。"

"我去洗。"阿尔说。

"为了同志假圣诞老人，"秃子说，"为了同志老头。"

"算了吧。"阿尔说，他拿起玻璃杯到浴室里去。

"他是在坦克部队里的吗？"一个飞行员问。

"是的，他一开战就在那儿。"

"他们告诉我坦克已经不中用了。"一个飞行员说。

"你已经跟他说过了，"我说，"你为什么不住口呢？他打了整整一天仗。"

"我们也是这样。可是我真的想知道它们是不中用了，对吗？"

"不太有用，但是他是中用的。"

"我想他也不错，他看来像个好样的。他们挣多少钱？"

"他们一天挣十个披士打，"我说，"现在他拿中尉的薪金。"

"西班牙中尉？"

"是的。"

"我说他是个傻子，没错。也许他有政治观点吧？"

"他是有政治思想的。"

"哦，好，"他说，"这就说明一切了。喂，秃子，你跳出飞机的时候失去了机尾，又有风的压力，你一定经过一番苦难时光吧。"

"是的，同志。"秃子说。

"你觉得怎么样？"

"我一直在想一件事，同志。"

"秃子，有几个人从那架容克机里跳出来？"

"四个，"秃子说，"一共六个人的机组。我知道我已把那个飞行员打死了，我注意到他已停止开枪。里面还有一个副驾驶员兼机枪手，我敢肯定他也被我击中了，因为他也停止开枪了。但也可能是枪太热的缘故。不管怎么说就出来了四个人。你要我讲这一幕情景吗？我能讲得非常好。"

他现在已经坐在床上，手里拿了一大杯香槟，他的粉红色秃头和脸上都被汗水湿透了。

"为什么没有人敬我酒？"秃子问，"我喜欢所有的同志都敬我酒，我将要讲那幕情景的恐怖和它的精彩。"

我们都喝了酒。

"我在哪儿？"秃子问。

"刚从麦克莱斯脱旅馆出来，"一个飞行员说，"充满着你的恐怖和你的精彩——别开玩笑了，秃子。奇怪，我们竟会这么感兴趣。"

"我会讲给你们听，"秃子说，"但是我先得再来一些香槟。"当我们敬他酒的时候，他干了一杯。

"如果他照这样子喝下去，他准会睡着了。"另一个飞行员说，"只给他半杯酒就足够了。"

秃子又拿来喝了。

"我来讲吧，"他说，"再喝点什么。"

"听着，秃子，别这么狠行吗？这件事我们很想知道它的底细。你在这几天之内不会有飞机，但是我们明天还要起飞。这件事不但重要而且很有趣。"

"我已经把报告写好了，"秃子说，"你们可以到机场上去看。他们会有一份的。"

"来吧，秃子，快点儿讲。"

"我总会讲的，"秃子说，他几次合上了眼，然后说，"喂，同志圣诞老人，"他对阿尔说，"我总会讲的，你们这些同志只要听着就行了。"

他讲了起来。

"这真是很奇怪又很精彩的。"秃子说着，干了一杯香槟。

"别这样，秃子。"一个飞行员说。

"我曾经历了一种深切的感受，"秃子说，"极度深切的感受，最深切的着了色的感受。"

"让我们回阿尔卡拉去吧。"一个飞行员说，"那个秃子糊涂了。玩骰子好吗？"

"他会清醒的，"另一个飞行员说，"他正在振作起来。"

"你在批评我吗？"秃子问，"那是人民政府的报答吗？"

"听着，圣诞老人，"阿尔说，"这是怎么回事儿？"

"你在问我吗？"秃子瞅着他，"你也在盘问我吗？难道你从来没参加过战斗吗，同志？"

"没有，"阿尔说，"我这眉毛是刮脸时烧去的。"

"穿上你的衬裤吧，同志，"秃子说，"我来讲那幅奇异而又精彩的景象。你知道我是一个作家兼飞行员。"

他对自己的话点头称许。

"他替密西西比的《奥格斯报》"子午"栏写文章，"一个

154

飞行员说，"从未停过，他们无法制止他。"

"我有写作的天赋，"秃子说，"我对描写事物有新颖独创的才能。那张这样报道我的剪报让我丢了。现在我就开始讲。"

"好吧，这究竟看起来像什么样子？"

"同志们，"秃子说，"你们形容不了。"他把酒杯递过去。

"我跟你们说什么来着？"一个飞行员说，"一个月他也弄不清，他永远说不清。"

"你，"秃子说，"你这个不幸的小家伙。好吧。当我斜着飞过去的时候，我往下一看，当然她在冒烟，但是机身还是保持正确的航向挣扎着飞过山头。她很快就跌了下去，我再次飞到她的顶上向她俯冲下去。轰炸机里这时还有个飞行员，机身东倒西歪，黑烟冒得更多了。最后座舱的门打开了，机身里面真像一座鼓风炉，他们一个个都跳出来了。我一边翻滚一边俯冲，最后我也一拉机头飞开了。我往后看，又往下看，他们一个个从轰炸机里跳了出来，从那个炉门里跳出来，往下挣脱，降落伞张开了，他们像一朵朵又大又美丽的喇叭花，这时机身已经烧成一团火，这是你从未见过的，旋转着旋转着。在苍穹中你看得见四张降落伞慢慢地飘浮着，美丽得无与伦比。有一张伞的伞边开始着火，一面烧，一面伞下的人降落得飞快起来。当我看着他的时候，子弹飞过来了，'飞霞'机跟在我的后面。又是子弹，又是'飞霞'机。"

"你是个作家，确实不错，"一个飞行员说，"你应当替《战绩》写文章。你不介意用简单的话来说明你的遭遇吗？"

"不，"秃子说，"我告诉你。但是你知道，这是不能胡说的，这是值得一看的情景。而我以前从来没有击落过三个引擎的容克机,我很高兴。"

"每个人都很高兴,秃子。把你遇到的事情告诉我们吧,真的。"

"好,"秃子说,"我只要再喝一点儿酒,我便告诉你们。"

"当你看见敌机的时候,你怎么样?"

"我正在V字形的左斜阵中。于是我们插入他们的左斜阵中去,向敌机俯冲,逼得它们很近,四门炮一齐开火,然后我们退出来。我们击毁了另外三架。'飞霞'机本来高高地飞在阳光中,他们一直不降下来,直到我单独飞着去瞄看敌机群。"

"你的队员溜走了吗?"

"不,这是我的过错。我开始眺望战绩,他们于是都飞开去了,看奇观是用不着摆什么阵势的。我想他们是飞开去布阵了。我不知道,不要问我。我疲倦了,我那时太兴奋了,但是现在我累了。"

"你的意思是要睡觉了,你又醉又瞌睡。"

"我只是疲倦而已,"秃子说,"处在我这种地位的人是有权疲倦的。而如果我想睡我有睡觉的权利,对吗,圣诞老人?"他对阿尔说。

"是呀,"阿尔说,"我想你有睡觉的权利。我自己也想睡。不再玩掷骰子了吗?"

"我们必须把他送到阿尔卡拉去,我们自己也应该到那儿去了。"一个飞行员说,"怎样?你输钱了吗?"

"很少。"阿尔说。

"你要再掷一次吗?"这个飞行员问他。

"我要押一千。"阿尔说。

"我要叫你输光。"那个飞行员说,"你们这些人钱赚得不多吧?"

"不多,"阿尔说,"我们赚得不多。"

他把一张一千披士打的钞票放在地上,把骰子在手心里抖得咔嗒咔嗒响,然后格达一声扔在地板上。两个骰子都是一点。

"骰子仍然是你的。"飞行员说着拿起那张钞票,看看阿尔。

"我不需要。"阿尔说。他站了起来。

"要钱用吗?"飞行员问他,好奇地望着他。

"没什么用。"阿尔说。

"我们必须他妈的赶到阿尔卡拉去。"飞行员说,"几时晚上我们再来玩一次骰子。我们要找到弗兰克和其他的人。我们可以凑一次像样的赌博。我们可以带你一段路吗?"

"对,你要搭车吗?"

"不,"阿尔说,"我走着去,就在街尾。"

"我们要到阿尔卡拉去。谁知道今天夜里的口令?"

"哦,司机知道,他开车路过,天黑前就知道口令了。"

"来吧,秃子,你这醉醺醺的酒鬼。"

"不是我,"秃子说,"我是人民军的优秀王牌飞行员。"

"要打下十架飞机才算一个王牌飞行员。即使你把意大利飞机也算在里面,你也只打下了一架,秃子。"

"这不是意大利的,"秃子说,"这是德国的,而你又不曾看见它里面烧得有多热。它是一团狂炽的地狱之火。"

"把他架出去,"一个飞行员说,"他又在替那张密西西比报的"子午"栏写文章了。好吧,再见。多谢你让我们用你的屋子。"

他们都一一握过手走了,我送他们到楼梯头。电梯已经停了,我看着他们走下楼去。一边一个人扶着秃子,他却慢吞吞地点起头来。他现在真的睡熟了。

那两个和我一起摄影的人还在他们的房间里,修理那架损坏了的摄影机。这是一个细致的,很费眼力的工作。当我问:"你认为可以修好吗?"那个高个儿说:"可以,当然可以,我们必须修好它。我已经补好一处碎片了。"

"那一伙是什么人?"还有一个问,"我们一直在修这架鬼摄影机。"

"美国飞行员,"我说,"还有一个我认识的坦克兵。"

"有趣吗?我后悔没和你们在一起。"

"不错,"我说,"有点儿滑稽。"

"你应该睡一会儿,我们必须早点起身。明天我们头脑一定要清醒。"

"你的摄影机还有多少没修好?"

"又坏了,他妈的弹簧。"

"不管它,我们干完了就睡。你什么时候来叫我们?"

"五点好吗?"

"好,天一亮就来。"

"晚安。"

"敬礼,睡一会儿吧。"

"敬礼,"我说,"明天我们要走得近一点儿。"

"对,"他说,"我也这么想。要走得很近,我很高兴你知道这一点。"

阿尔脸对着灯光已经在屋里的一张大靠椅上睡着了。我替他盖了一条毯子,他却醒了。

"我要下楼去。"

"在这儿睡,我会开好闹钟叫你的。"

"闹钟也许会出毛病,"他说,"我还是走得好,我不想迟到。"

"赌钱的事我真对不起你。"

"他们早晚会叫我输光的,"他说,"他们这批人掷骰子着了迷。"

"最后一次骰子还是你的。"

"他们狠毒地使你输掉,他们是一批古怪的人。我想他们钱也挣得不太多。我认为如果你为钱而赌,钱总是不够你赌的。"

"要我陪你下去吗?"

"不,"他说着站了起来,扣好那支挺大的柯尔德自动手枪,这是他吃完晚饭后去掷骰子的时候摘下来的,"不。现在我觉得很好。我又看到了前途,人所需要的便是向前看。"

"我想下去一会儿。"

"不,睡一会儿。我自己会下去的,我还要在开始进攻之前好好地睡它五个钟头。"

"这么早?"

"是呀,你那时摄影光线不够,你还是躺在床上好。"他从皮外套里拿出一个信封来,放在桌子上,"你肯把这东西寄到纽约我兄弟那儿吗?他的地址在信封的背面。"

"当然可以,但是我看没有必要寄。"

"不,"他说,"我想你现在是不会寄的,但是里面有几张照片和别的东西是他喜欢的。他有一个很好的妻子,你要看一看她的照片吗?"

他从口袋里掏出相片来,这是夹在他的身份证里的。

照片上是一个皮肤微黑的漂亮女人,站在湖岸边的一艘小船旁。

"在坎兹基尔上，"阿尔说，"是呀，他有个好妻子。她是犹太人。对，"他说，"别再让我沮丧。再见，朋友。别把它当回事儿，我现在完全好了，今天下午我出去的时候真感到难过。"

"让我陪你下去。"

"不，你回来路过伊斯伯纳广场时也许会遇到麻烦的，那边有几个人一到晚上就紧张起来。晚安，明天晚上再见。"

"这才说得对。"

楼上，在我的屋顶上，曼娜丽泰和那个英国人闹得很响。那么她是显然没有被捕。

"对呀，这么说才对。"阿尔说，"有的时候要花三四个钟头才能恢复这种心情。"

他戴上皮盔帽，前边有凸出来的边，他的脸色灰黑，我注意到他的眼圈深陷下去。

"明晚在却柯特见你。"我说。

"好，"他说，不敢看我的眼睛，"明晚在却柯特见你。"

"什么时候？"

"你听着，话说到这儿就够了，"他说，"明晚就在却柯特，我们用不着约定时间。"他走了出去。

如果你不太了解他，也没有看见他明天要进攻的那个地方，你会以为他是在对什么发脾气。我相信他的心里确实在发怒，愤怒得很。使你发怒的事情很多，你将白白地去送死便是一件恼人的事。但是我以为在进攻时，只有你感到愤怒才是唯一的好办法。

# 在山岗下

在尘土飞扬、太阳当头的大白天，我们从火线上撤下来，口里干涩，鼻孔堵塞，背负沉重，回到西班牙政府军预备队麇集的河床上流长长的山岗下。

我坐下来，背靠着浅浅的战壕，双肩和后脑抵着土壁，现在躲开了零落散飞的枪弹，我能俯视着前面洼地里的一切活动。那里是坦克预备队，坦克上遮盖着从橄榄树上砍下来的枝叶，在坦克队的左方，是辎重车辆，车身涂满了泥土，覆盖着树枝。在坦克与车辆中间，夹着一长列抬担架的人群，正沿着这一峡道向山岗下走去，到达平地上的救护车。往上走的是辎重队的毛骡群，驮着装满面包的麻袋和酒桶，还有骡夫牵引着的军火队，也沿着山岗间这一峡道走上来，而抬着空担架的人们，则夹在骡群中间，慢吞吞地跟着行进。

在右方，山岗拐弯处底下，我可以看见纵队参谋部在工作的山洞入口，他们的信号线从山洞顶上延伸出来，一直穿过我们的掩蔽所弯向山岗顶。

摩托兵穿着皮军服戴着头盔，骑在车上沿着峡道上上下下，逢到山陡处，便推着车走，或是把车子停在山沟边，徒步走向山洞的入口，钻了进去。在我注视时，一位我素识的身材魁梧的匈牙利摩托兵，从山洞出来，把一些纸张塞进他的皮文件袋里，走向他的摩托车，从骡子和担架夫的人流中，把车向上推去，接着跨腿上车，吼着越过山岗，他的车辆翻腾起一阵尘土的风暴。

山下面，穿过救护车进进出出的那块平地，则是一溜绿色树丛，这正划出那条河床的界线。河对面有座红瓦顶的大房屋，还有处用灰色石块砌成的磨坊，那所大房屋四周的树林里，闪耀出我们打过去的炮弹的火光。对方正在向我们回击，起初只见两道闪光，转瞬就听到短促的来自对岸三英寸口径火炮的那种嘭嘭浊音，接着是炮弹的呼啸，直向我们飞来，最后越过了我们的头顶。与往常一样，我们缺少炮队。我们的部队只有四尊大炮驻在那儿，可是事实上这里应该有四十尊，因此只能每次由两尊大炮开火。我们回到这儿以前，进攻就已经失败了。

"你是俄国人吗？"一位西班牙兵士问我。

"不是，是美国人。"我说，"你有水吗？"

"有，同志。"他递给我一个猪皮袋。这些预备队里的兵士只是名之为兵而已，这是由于他们穿的是军装，他们并不是企图用来进攻的，因而他们都分散在这带山岗的隆起处，三五成堆，吃喝，谈话，或是呆瞪地坐着，等待着。进攻是由一队国际纵队执行的。

我们两人分别喝了水，水带着沥青和猪鬃的味道。

"酒就好多了，"那个兵士说，"我去找酒来。"

"对，不过口渴还是水好。"

"再没有比渴望战斗更口渴的了，即使在这儿，在预备队里，我也口渴得厉害。"

"这是由于害怕，"另一个兵士说，"口渴就是害怕。"

"不对，"另一个兵士说，"害怕一般使人口渴，老是这样的。但是在战斗里，即使不害怕，口也渴得很厉害。"

"打仗总有害怕的。"第一个兵士说。

"只有你才这样。"第二个兵士说。

"这很正常。"第一个兵士说。

"只有你。"

"闭住你的脏嘴，"第一个兵士说，"我不过是个说老实话的人。"

这是个明媚的四月天，风在狂吼，因此每匹骡子跑上山峡时，飞起阵阵尘土；而抬担架的两个人后面也扬起一阵尘土，两者的尘土又汇成一团。而山下，穿过平地，又从救护车下卷来道道尘土，被风刮得四散。

我有预感就在这一天，我是不会被打死的了，因为一早上我们工作得很好，而且在进攻开始时，有两次我应该被打死，却没有死去，这就给了我信心。第一次，是在我们跟着坦克前进时，靠着它们的掩护，我们拍摄了进攻的镜头。以后则是我突然觉得所处的地位不可靠，把摄影机移向了左边约莫二百码的地方。在离开那个地方时，我就地做了个最古老的记号，不到十分钟，就在我站过的地方落下了一枚六英寸口径大炮的炮弹。那地方就不再有人到过的痕迹了，代替的却是在地上留下了一个又大又明显的被炸过的大洞。

接着，两小时之后，一位波兰军官，新从团里调到参谋处的，主动向我们指出波兰人所占领的阵地，我们刚从山褶的背风处走出来，却走进了机关枪的火力之中，我们不得不匍匐前行。我们的下颌紧贴着地皮，鼻子里满是尘土，而同时，却可怜地发现波兰人那天并没有占领什么阵地，相反却比他们出击时还后退了一站之地。现在，躺在战壕的掩蔽下，我被汗水湿透，又饥又渴，由于进攻所带来的危险已过，而感到内部空虚。

"你肯定不是俄国人吗？"一个兵士说，"今天这儿来过俄国人的。"

"是的，我们不是俄国人。"

"你有张俄国人的脸相。"

"没有,"我说,"你错了,同志。我的脸相虽然看来十分可笑,但绝不是俄国人的脸。"

"他有张俄国人的脸。"指指我们中间那个正在摆弄摄影机的人。

"可能是。但他也不是个俄国人。你是从哪儿来的?"

"埃克斯特雷门杜拉。"他自豪地说。

"埃克斯特雷门杜拉有俄国人吗?"我问道。

"没有,"他回答道,甚至更为自豪了,"在埃克斯特雷门杜拉没有俄国人,也没有埃克斯特雷门杜拉人在俄国。"

"你的政治信仰是什么?"

"我憎恨一切外国人。"他说。

"那是个泛泛的政治纲领。"

"我恨摩尔人,英国人,法国人,意大利人,德国人,北美人和俄国人。"

"你的憎恨程度是照这顺序排列的吗?"

"对,不过也许我最恨俄国人。"

"伙计,你的想法很有趣,"我说,"你是个法西斯蒂吗?"

"不是,我是个埃克斯特雷门杜拉人,而且我恨外国人。"

"他有的是怪想法,"另一个兵士说,"不要把他太看重了。我,我喜欢外国人。我是从瓦伦西亚来的。请再喝一杯酒吧。"

我伸手接过酒杯,前一口喝的酒还在我嘴里留着黄铜味儿。我看着那个埃克斯特雷门杜拉人。他身材高挑瘦瘠,他的脸色憔悴,满是未剃的胡髭,他的双颊凹陷。他在狂怒中挺身直立，他的毛毯披在肩头。

"把你的头低下来，"我告诉他，"会有枪弹飞向这儿来的。"

"我不怕飞来的枪弹，我恨外国人。"他凶狠地说。

"你用不着怕枪弹，"我说，"但是作为预备队，你应该避开它。如果可以避免却受了伤，那是不聪明的。"

"我什么也不怕。"这个埃克斯特雷门杜拉人说。

"你运气不错，同志。"

"这倒不假，"另一个拿着酒杯的兵士说，"他什么都不怕，连飞机都不怕。"

"他发疯了，"另一个兵士说，"任何人都怕飞机。它们杀死的人不多，却使人害怕。"

"我不怕，飞机不怕，什么也不怕。"这个埃克斯特雷门杜拉人说，"但是我恨每个活着的外国人。"

在山峡那边，走在两个担架夫中间，来了个穿着国际纵队制服的身材高大的人。他看来毫不注意他所处的境地，把军毯卷在肩上，两头在腰间一束，他昂着头，可是看来又像是茫然在梦里行走的人。他是个中年人。他没有带他的来复枪，从我倚身的地方看去，他也不像是受了伤的。

我望着他走呀走地走出了战争。当他快到辎重车近边时，便转身向左，还是怪模怪样地高昂着脑袋，翻过山岗，就不见了。

那个跟我在一起的伙伴，忙于给摄影机换胶卷，没有注意到那个走过去的人。

孤零零的一颗炮弹从山岗那边飞了过来，就落在坦克预备队的近边，喷泉似的升起了一股泥土和黑烟。

有人从山洞里伸出头来，那里是国际纵队司令部所在地，然后这个人又在山洞里隐没了。我想那里看来是块好去处，但是知道那儿的人都很容易发脾气，因为进攻失败了，我不愿去招惹他们。要是这一仗打成功，他们会乐意有人去拍电影。但如果吃了败仗，每个人都会怒气冲天，去找他们便有被逮捕送到后方去的可能。

"眼下他们就要炮击我们了。"我说。

"那我完全不在意。"埃克斯特雷门杜拉人说。我开始有点讨厌这个埃克斯特雷门杜拉人了。

"你还有酒可以分点儿喝喝吗？"我问。我的嘴里还是干得很。

"有，伙计，还有几加仑酒。"那个友好的兵士说。他五短身材，拳头很大，满身泥垢，一丛胡髭和他脑袋上的平顶头发长得一样短。"你认为他们眼下会炮击我们吗？"

"他们应该这样，"我说，"但是在这场战争里，你什么也说不准。"

"这场战争怎么啦？"埃克斯特雷门杜拉人怒气冲冲地责问，"你不喜欢这场战争吗？"

"闭嘴！"友好的兵士说，"这儿由我指挥，何况这些同志们都是我们的客人。"

"那么让他不要说反对我们这场战争的话。"埃克斯特雷门杜拉人说，"到我们这儿来的外国人不该反对我们的战争。"

"你从哪个市镇来的，同志？"我问埃克斯特雷门杜拉人。

"巴达佐兹，"他说，"我是从巴达佐兹来的。在巴达佐兹，我们被枪击掠夺，我们的女人被糟蹋，先是英国人、法国人，眼下是摩尔人。如今摩尔人在干的，并不比威灵顿手下的英国人更坏。你该读读历史。我的曾祖母是被英国人杀死的，我家住的房屋，便是给英国人烧毁的。"

"我抱歉，"我说，"你又为什么要恨北美人呢？"

"我父亲是在古巴被北美人杀死的，他在那里被征去当兵。"

"对这件事，我也很抱歉，真心真意感到难受。相信我，那么你为什么恨俄国人呢？"

"因为他们是暴政的代表，而且我憎恨他们的脸相。你就有一张俄国人的脸相。"

"我们恐怕还是离开这儿得好，"我对我的伙伴说，他不会讲西班牙话，"看来我有张俄国人的脸，这正给我找来麻烦。"

"我要睡觉，"他说，"这儿是块好地方。少说几句你便不会有麻烦了。"

"这儿有个不喜欢我的同志。我想他是个无政府主义分子。"

"好吧，以后当心不要让他打死你好啦。我要睡觉了。"

就在这时，两个穿皮外套的人，一个矮壮，一个中等身材，都戴着老百姓戴的便帽，平扁而颧骨凸起的脸庞，毛瑟手枪木盒上的皮带一直垂到小腿上，从山峡直向我们走来。

那个较高的人用德国话问我："你看见一个法国同志路过这儿吗？"他说，"一个把军毯围在肩头，捆成子弹带样子的？一个年纪约莫四十五到五十岁模样的同志？你看到这样一个同志离开战场朝另一方向走去吗？"

"没有，"我说，"我没见过这样的同志。"

他看了我一会儿，我注意到他的眼珠是灰黄色的，眼睛一眨也不眨。

"谢谢你, 同志。"他说, 用他怪里怪气的法国话, 接着便对同来的那个人飞快地讲起来, 他的语言我完全听不懂。他们走出战壕, 爬上了山岗的最高点, 从那儿他们能够看到山岗下的沟壑。

"那些是真正俄国人的脸。"这个埃克斯特雷门杜拉人说。

"闭嘴! "我说。我注意到那两个穿皮外套的人, 在十分密集的枪弹中, 仔细扫视山岗下到河边一片破碎的土地。

突然间, 其中的一人看到了他在找寻的目标, 用手指着。接着这两个人便跑了起来, 像两条猎犬, 一个从山岗直奔下去, 另一个向另一个角度似乎是去断后路。就在第二人跑过山顶时, 我看见他拔出了手枪, 举在身前向前冲去。

"你以为这怎么样? "埃克斯特雷门杜拉人说。

"并不比你好。"我说。

在平行的山岗顶处, 我听见毛瑟枪的射击声, 一连串十多响。他们一定在远处就开了枪。到底枪声停了一下, 然后又是一枪。

埃克斯特雷门杜拉人阴沉沉地望着我, 可没有说话。我想如果炮击这时开始事情就简单得多了, 但是炮击并没有开始。

那两个穿皮外套戴便帽的人从山岗那面走了回来, 两人走在一起, 然后走下山峡, 就像两条腿的野兽从陡坡上爬下来那副模样, 两腿弯曲成一股怪相。他们转到峡道上, 正好一辆坦克乒乒乓乓开下山来, 便闪过一旁让坦克过去。

坦克队的进攻, 在一天之内又遭到了失败, 坦克手戴着皮头盔下了战场, 坦克的车塔现在打开了, 驶进了山岗下的荫蔽处, 坦克手像足球球员那样直视前方, 这些球员是由于他们胆怯而被换下来的。

那两个穿皮外套的扁脸汉子在山岗下站在我们旁边，让坦克开越过去。

"你找到了你们要找的那个同志吗？"我用法国话询问那个身材高一点的人。

"找到了，同志，谢谢你。"他说，仔细地打量着我。

"他说些什么？"埃克斯特雷门杜拉人问道。

"他说他们找到了那个要找的同志。"我告诉他。埃克斯特雷门杜拉人不作一声。

我们一上午都留在那个中年法国人离去的地方。我们就在这儿经历尘土、硝烟、喧嚣，接受伤员、死者、怕死者、勇敢、怯懦、疯狂和一次不成功的进攻。我们耽在这耕耘者不能通过和生活的地方。你倒下身来平躺在地上，堆一个土丘掩护你的脑袋，把你的下颌埋在土里，等待着命令要你冲上没有人上得去又活下去的山坡。

我们在那里跟那些伏在地上等待那永不到来的坦克的人在一起，在打过来的炮弹呼啸和轰然爆炸声里等待着，铁皮和泥土像从烂泥喷泉里喷出来的泥流，头顶上空则是爆炸与飒飒的炮火织成的帷幕。我们很清楚这种等待的感觉。他们已经到了无可再进的地方。即使一声前进的命令下达，人们也再不能向前移动和活下去了。

我们整个上午都耽在那个中年法国人来过又离去的地方。我懂得了一个人会一下子清晰看到在一次不成功的进攻中死去是多么愚蠢；或者突然一下子看得明明白白，也只有你在死时候才看得明白和正确那样，看到它的无望，看到它的愚蠢，看到它的真情实况，于是直截了当地走出战场，然后再逃跑，就像那个法国人一样。他可以一下子离开，不是出于懦怯，只是看穿了一切，忽然明白过来，他非离去不可！知道除此之外再没有别的办法了。

这位法国人断然脱离这次进攻，带着非凡的庄严，而我了解他，他是个好汉。但是，作为一名兵士，这些监督作战的人竟然追捕他，而他决心逃避的死亡，却在他登上山岗，既无流弹又无炮击，最后走向河边的时候，还是临到了他头上。

"而那些。"埃克斯特雷门杜拉对我说，向战地宪兵点了点头。

"是战争，"我说，"在战争里，纪律是必要的。"

"但是生活在这种纪律下面，我们就非死不可？"

"没有纪律，每个人无论如何都会死的。"

"有这样的纪律，也有那样的纪律。"埃克斯特雷门杜拉人说，"听我讲，二月里，我们在这儿就在这块现在我们呆着的地方，法西斯发起了进攻。他们从你们国际纵队今天要占领而占领不到的那山头把我们赶了出来。我们退到这儿，到了这座山岗。国际纵队开上来占领了我们前沿的阵地。"

"我知道这一切。"我说。

"但是你不知道这一点，"他怒冲冲地说下去，"有一个我同省来的毛孩子，在轰炸中害怕了，所以在自己手上开了一枪，这样他可以下火线，因为他害怕了。"

其他的兵士现在都在听他说话，有几个还点点头。

"有些人把伤处包扎一下，立刻重回火线，"埃克斯特雷门杜拉人接着说下去，"这是正确的。"

"对，"我说，"那就应该这样做。"

"那就应该这样做，"埃克斯特雷门杜拉人说，"但是这个毛孩子把自己伤得很厉害，骨头全打碎了，而且手术时感染了，他的手不得不锯掉。"

有些兵士点点头。

"说下去,告诉他全部的。"有一个人说。

"也许还是不说下去得好。"那个剃平头,满脸胡髭自称为指挥员的人说。

"说下去是我的责任。"埃克斯特雷门杜拉人说。

那个指挥的人耸耸他的肩头。"我也不喜欢这样,"他说,"说吧,那么。可是我不喜欢听这些话。"

"打从二月起,这毛孩子就留在山谷间的医院里。"埃克斯特雷门杜拉人说,"我们这儿有些人在医院里见过他。大家说医院里人人都喜欢他,他也做那些一只手的人能干的事情。他从来没有被捕,也没有什么事给他一些精神准备。"

那个指挥的人一句话也不说,又递给我一杯酒。他们全在细听,就像不会读书写字的那种人听别人讲故事那样。

"昨天,白天结束的时候,就在我们得知要来次进攻之前。昨天,太阳落山之前,正在我们想今天还是和别的日子一样,他们把他从平地那面带着走上山峡间的小路。我们正在做晚饭,而他们把他带来了。他们只有四个人。他,孩子巴柯,还有那两个你刚才见到的穿皮衣戴便帽的人,还有纵队的一个军官。我们看着这四个人一起从峡道间爬上来,我们看见巴柯的双手并没有缚在一起,也没有看见他被捆起来的样子。

"我们一见他就都围拢来说:'哈罗,巴柯。你好吗,巴柯?一切都好吗,巴柯?老朋友,老相好巴柯?'

"接着他说,一切正常。一切都好就只有这个——他给我们看了这只断手。

"巴柯说:'那是个卑怯和笨拙的事情。我很懊悔做了这件事,但我试着用一只手做些有用的事情。我要用我的这只手为主义尽力。'"

"对,"一个兵士打断了话头,"他是那样说的,我亲耳听见他这样说的。"

"我们和他谈话，"埃克斯特雷门杜拉人说，"他也和我们说话。可是这种穿皮外套和带枪的人来了，在战争里总是个凶兆，这和来了带地图箱和望远镜的人一般无二。我们还是想他们带他来不过是来看看我们，而我们之中没有去过医院看他的人，都高兴见到他，正如我说的，这是吃晚饭的时候，而且黄昏既清净又温暖。"

"那阵风只有在夜间才刮起来的。"一个兵士说。

"接着，"埃克斯特雷门杜拉人忧郁地继续说，"他们之中的一个对军官说了些西班牙话，'在什么地方？'"

"这个巴柯在哪儿受伤的？"军官问。

"我回答了他，"指挥的人说，"我把地方指了出来，就在你站的地方下面一些。"

"就在这块地方。"一个兵士说。他又指指那块地方，我又看到了这块地方。这地方一清二楚就是这块地方。

"接着他们之中的一个人拉着巴柯的手臂，走到这块地方，一面按住他的手臂，而另一个人则说起西班牙话来。他说西班牙话，可是说错了不少。起初我们想笑，巴柯也开始微笑了。我不完全了解他说的什么，只懂得他说巴柯必须作为一个例子受罚，这样才能不再有自戕的人，其他的人也要这样受罚。

"接着，一个人握着巴柯的手臂。巴柯对这样的说话感到惭愧，因为他早已感到惭愧和抱歉了。另一个人拔出他的手枪，向巴柯的后脑开了一枪，没有对巴柯说一句话。也没有多说一句话。"

兵士们都点点头。

"就是那样，"其中一个说，"你可以瞧瞧这块地方。他倒下来嘴碰着地。你可以看得见的。"

从我躺着的地方，我很清楚地看到那一处。

"他事先没有得到警告，也没有机会在心里有所准备，"指挥的那个人说，"这是很残忍的。"

"就是因为这件事，我现在恨俄国人以及其他外国人，"埃克斯特雷门杜拉人说，"我们不能对外国人抱什么幻想。如果你是外国人，我抱歉。但是对我说来，眼下，我不能作什么例外。你和我们一块吃面包喝酒。如今我想你该走了。"

"不要这样说话，"指挥的人对埃克斯特雷门杜拉人说，"合乎礼貌也是必要的。"

"我想我们还是走吧。"我说。

"你没有生气吧？"指挥的人说，"你可以在这掩蔽的地方高兴呆多久就呆多久。你口干吗？你还要酒吗？"

"很感谢你，"我说，"我想我们还是走得好。"

"你理解我的憎恨吧？"埃克斯特雷门杜拉人问道。

"我理解你的憎恨。"我说。

"好，"他边说边伸出手来，"我不拒绝握手。从我个人讲，我希望你好运气。"

"和你一样，"我说，"你个人，作为一个西班牙人。"

我把摄影的人叫醒，开始下山岗走向纵队司令部。目前所有坦克都回来了，在闹声中简直连自己说的话也听不见。

"你一直在谈话吗？"

"在听。"

"有什么有趣的吗？"

"多得很。"

"如今你要干什么？"

"回马德里。"

"我们该去见见将军。"

"对,"我说,"一定要去见他。"

将军在生闷气。他下令突袭,只用一个旅,在天亮前准备停当。应该至少要用一个师的。他用了三个营,留了一个作预备队。法国坦克司令必须喝醉才有勇气,最后却又醉得无法执行任务。等他酒醒过来就得挨枪毙。

坦克没有准时到达,最后又拒绝前进。两个营也没有占领目标。第三个营占领了他们的目标,但形成了一个防守不住的突破点,唯一实实在在的结果是捉了几个俘虏,交给坦克手带回后方,而坦克手把他们全杀死了。将军只能拿失败告人,他们则杀掉了他的战俘。

"我能写些什么?"我问。

"所有一切都在战报里了。你这把长颈水壶里有威士忌酒吗?"

"有。"

他喝了一口,小心地舔舔嘴唇。他曾经当过匈牙利骠骑兵的上尉,也曾经在西伯利亚俘获一列车黄金,那时他是红军骑兵游击队的头领,他在温度计零下四十度的天气里干了一冬。我俩是好朋友,他爱喝威士忌酒,现在他早已死啦。

"离开这儿吧,"他说,"你有交通工具吗?"

"有。"

"你拍了影片吗?"

"拍了些,都是坦克。"

"坦克,"他恶毒地说,"这些猪猡,孱头。当心你也被杀死,"他说,"你本来是个作家。"

"现在我写不出东西。"

"过后再写,过后你可以把一切写出来。但是不要被人杀死,特别注意不要被人杀死。现在,走你的吧。"

他没有遵循他自己的劝告,因为两个月以后他被杀死了。但是那一天的古怪事儿,却是我们精彩地拍摄了坦克出战。在银幕上,他们无敌地从山头出击,开过山巅像是一列大船队,直向我们幻想中的胜利叮叮当当地徐徐行进。

那一天离胜利最近的也许是那个法国人,他昂首前进,离开了战争。但是他的胜利最后只到山岗下的半路上为止。我们看到他手足摊开在山岗的坡路上,还围着他的军毯,在我们走过峡口去搭那辆带我们回马德里去的辎重车的时候。

# 桥头的老人

一位老人戴着钢边眼镜，衣服上满是灰尘，坐在路旁。河上有座浮桥，又是大车、又是载重汽车以及男人、女人和孩子正从桥上走过。骡拉的大车蹒跚地从桥头往陡峭的河岸上爬，士兵们帮着推车轱辘。载重汽车迂回着超过了所有这一切，而农民们还在没脚的尘土中彳亍着。但是这位老人坐在那儿动也不动，他实在是太疲倦了，不能往前走了。

我的任务是穿过桥到河对岸，侦察敌军已推进到了什么地方。任务完成后我又回到桥这边来。现在桥上只有不多的几辆大车和少数步行的人了，可是这位老人还是坐在那儿。

"你从哪儿来的？"我问他。

"从圣·卡罗斯来。"他一面说，一面露出微笑。

那儿是他的故乡，所以一提起就使他快活，他笑了。

"我是照看家畜的。"他解释说。

"哦。"我说，可并没有完全听明白。

"是啊，"他说，"我留下来照看家畜。我是最后一个离开圣·卡罗斯的人。"

他看来不像一个牧羊人，也不像一个看牲口的，我看了看他那满是灰尘的黑衣服和他那张风尘仆仆的灰脸，以及他的钢边眼镜，我说："一批什么家畜？"

"各种各样的家畜，"他说，摇摇他的头，"我不得不离开它们。"

我注视着桥，和那块像非洲土地似的哀勃罗河三角洲，估摸着还有多久能看到敌人，而且静候着那神秘莫测的遭遇战开始时的喧闹，而这位老人还是坐在那儿。

"一批什么家畜？"我问。

"一共三只，"他解释说，"两头山羊和一只猫，此外还有四对鸽子。"

"你一定得离开它们吗？"我问。

"对，就是因为炮火。队长叫我走开，就是为了炮火。"

"你没有家吗？"我问，望着桥头远处，那儿有最后几辆大车从河岸的斜坡上冲下来。

"没有，"他说，"我只有说的那些家畜。猫当然没有问题，猫是会照顾自己的，但是我不能想象别的家畜会成个什么样子。"

"你是什么政党的？"我问。

"我没有什么政党。"他说，"我活了七十六岁。如今我已经走了十二公里了，我现在再也不能往远走了。"

"这儿可不是停下来的好地方，"我说，"要是你能走，到陶杜沙的岔路上，有载重汽车。"

"我要等一会儿，"他说，"过后我再走。这些载重汽车是到什么地方去的？"

"到巴塞罗那的。"我告诉他。

"那儿我没有熟人，"他说，"但是我十分感谢你。再次谢谢你。"

他望着我茫然而又疲乏，为了给他人分散自己的忧虑，于是他说："那只猫是没问题的，我敢肯定，对于猫没有担心的必要。可是别的，现在你想它们会怎么样？"

"啊，它们也许会平安渡过的。"

177

"你这样想吗？"

"是啊。"我说，注视着远远的河岸，那里现在已经没有大车了。

"可是在炮火下面它们会干什么呢？我是因为炮火才离开的。"

"你没有锁上鸽棚的门吗？"我问。

"是的。"

"那它们会飞的。"

"是呀，它们一定会飞的。可是另外的那些，最好不要想那些另外的。"他说。

"要是你休息好了，我要走了，"我催促着，"站起来走走看。"

"谢谢你。"他说着，便站起来，身体左右摇晃着，接着又往后面的尘土中坐了下去。

"我是照看家畜的，"他无精打采地说着，但不再是对着我了，"我只是照看家畜的。"

对于他已经没有什么事儿可做了。这天是复活节的礼拜天，而法西斯分子正向哀勃罗推进着。这是个漫天灰色的日子，云层很低，所以他们的飞机无法起飞。这点以及猫懂得照顾自己，就是这位老人所能有的好运气了。

# 重译后记

仔细校完了全部誉清稿件，心里泛起了一阵释然之感。

两年多来，这部海明威当年在西班牙内战马德里围城中所写的剧本和故事合集，成了我的心病。施蛰存同志征求我的意见，希望把《蝴蝶与坦克》一书编入江西人民出版社出版的《百花洲文库》中，我当时轻率答应了。但在我重新阅读旧译时，不禁为之脸红。

《蝴蝶与坦克》一书收集的几篇小说，都是我在30年代末在香港及40年代初在重庆刚开始学习翻译时的习作，以我当时对海明威作品的欣赏和理解，从事翻译已属勉强，以之出书，更欠考虑。四十年后的今日重读原著，对证译文，方知昔日的笔下，只及皮毛，而未能深入神髓，因此将全部译文重新修订，但也难以保证确已得到神髓。我翻译《蝴蝶与坦克》时，还未见到海明威写西班牙的内战最后一篇《在山岗下》，此次为校订译文，曾请在美国的老友董鼎山兄觅得海明威的写西班牙内战的全部作品，才得到《在山岗下》的全文，因增译以补前之所缺。

至于《第五纵队》这个剧本，也是当年在重庆时日帝轰炸及酷热中翻译的。记得彼时应云卫同志在重庆创立中华剧艺社，因国民党反动派对于上演国统区进步剧作家的剧本，诸多留难，所以要我译一个外国剧本作为无戏准演时的后备。凑巧当时我得到海明威的《第五纵队》一书，内容颇适合于彼时彼地的形势，便加以迻译。施蛰存同志原意只要我译的《蝴蝶与坦克》一书，而我觉得《第五纵队》虽然是个剧本，但讲的故事与《蝴蝶与坦克》中各篇小说一样都是写西班牙内战的,所以得到他的同意,把《第五纵队》也加了进来。

《第五纵队》的原译本是我印刷出版的第一本书。当时收入徐昌霖同志主编的《新生戏剧丛书》里。我曾经保留了一本,但十年动乱中散失不知所终,这次就只能全部重译。虽然后来黄宗江同志为我觅得一本当年旧译,但我发觉旧译颇多疏漏,决意弃之不用。因此,此书中《第五纵队》的译文是全部新译的,可能与旧本有不少出入之处。不过译文有所改进而已。

西班牙内战开始,海明威激于义愤,在美国筹措了美金四万元,购买了几辆救护车,去支援困守在马德里的政府军。为了还清这笔费用,海明威曾几次作为北美报业联盟的战地记者赴马德里采访战地新闻。1937年他在马德里围城中逗留了好些时候,除了拍摄新闻纪录片《西班牙大地》外,写了他唯一的剧本《第五纵队》,并自1938年中在美国《老爷》杂志上发表了《告发》(1938年11月)、《蝴蝶与坦克》(1938年12月)和《大战前夕》(1939年2月)三篇有关马德里却柯特酒吧中战时生活的故事。

海明威在《〈第五纵队〉与最初四十九个短篇小说》一书的前言中,曾谈及他写作《第五纵队》一剧的经过。他说:"这个剧本是在1937年秋天和初冬时写成的,当时我们正期望一次大反攻。这一年,中央前线的部队计划了三次重要的反攻。其中之一在勃罗奈一带进行。这一战役起初打得很漂亮,但以血战和不分胜负告终,我们于是等待其他两个反攻计划之一的开始。不过这两次反攻始终没有实现,就在我们等待的期间,我写了这个剧本。

"每天,我受到从勒迦奈和珈拉毕特丛山间的大炮发射过来的轰击,而我则在佛罗里达旅馆中写剧本,我们住在那里,工作在那里,也在那里为三十发以上重磅炮弹所击中。所以,如果这不是一个好剧本,也许因为周围的情况使然。如果这是一个好剧本,也许是这三十多发炮弹帮助了写作。

"你到前线去，最近处离旅馆只不过一千五百码。剧本的原稿经常塞在卷成一捆的床垫里。一旦你回到旅馆找到你的房间，发现原稿并未损失，你就不胜庆幸了。这个剧本的原稿经过誊清寄出马德里，已经是蒂鲁尔失陷的时候了……"

如今重读这个剧本，我认为读起来还不错，姑且不论演出时又将如何，所以我决定将这个剧本收入这本小说集里。这就又增加了一个故事，而使这书中的故事与现实更为接近些。今后也许还会有人演出这个剧本的。

这一剧本取名为《第五纵队》，是因为根据1936年秋天叛军的宣告，他们有四个纵队向马德里进军，而在马德里城中的叛军同情人，便从后方袭击马德里的保卫者，则成了他们的第五纵队。如果第五纵队内的多数人如今都已在战争中死去，这些人是并不亚于在其他四个纵队中死去的人，他们是同样凶险、同样决心一死的。

曾经有人因海明威参加过西班牙内战，简单地把他视为民主斗士或反法西斯英雄，这实在是一种对海明威的讽刺。老实说，过去我也是这样看待他的，逐渐我却产生了怀疑。如今离海明威故世已整整二十年，他的传记发表了，他妻子玛丽·威尔什所写的回忆录《事实真相》出版了，今年他的书信选集也印行了。从这些著作以及其他有关的批评论文里所显示的海明威，和他作品里所表现的哲学观点，我们不难把二者合成一个本色的海明威。他可以说是一个自封的"英雄"，而这个英雄却是游离于现实世界的。海明威写西班牙内战的长篇小说《丧钟为谁而鸣》，最足以代表他对西班牙内战的态度。

本书里所收集的故事，仔细读来，你总感到这些以第一人称写的东西，似乎缺少一些什么。故事不能说不动人，艺术上也不能说没有魅力，但是缺少些什么呢？在这次修订和重译时，我逐渐参悟出这个缺少的东西，那就是海明威内心对这些故事及人物的感情。在这些故事里，这个第一人称的"我"只是个目击者，海明威像写新闻报道一样，把故事讲得头头是道，把人物写得生动如实，可是他自己又显得那样漠然，那样无动于衷。《告发》中的老侍者要检举那个混入革命队伍中的法西斯分子，他想从"我"那儿得到行动和精神上的支持，但他得到的回答，则是"事不关己"的冷漠。固然，"我"最后还是提出来可以把检举的责任归在自己身上，但那只是由于要把自己打扮成一名"好汉"，事情还是在于求心之所安而已。《蝴蝶与坦克》中对那个以香水喷人作戏的市民，这个"我"没有把市民的可怜结局视为一出"悲剧"，而只作为一件蝴蝶撞坦克的有趣事件看待，写出来是为了供人谈助。《大战前夕》里的那个坦克手，"我"似乎对他同情，但透露出一种宿命论的无可奈何的调子。这种宿命论不但是对坦克手而言，对一次反攻，甚至对西班牙内战的前途也作如是观。这三篇是写却柯特酒吧的一组。至于《在山岗下》，"我"称颂了一个战场上的逃兵，说他是个"好汉"，说他"断然脱离这次反攻，带着非凡的庄严"。《桥头的老人》，"我"只能让这位无力逃避战争的老人托命于"好运气"了。当我们读这些故事时，你可以看到海明威那双冷漠无情的眼睛，正注视着在西班牙内战中发生的一切，从而你的心也就和他的眼神一样，沉入冰点。这就是我要怀疑海明威是否真正是民主斗士和反法西斯英雄的理由，当然我也完全不否认海明威在帮助西班牙内战政府军时的正义动机。

参加过内战的西班牙文学批评家阿图罗·巴雷亚在他的《不是西班牙，而是海明威》一文中，对海明威的冷漠问题作了无可争辩的答复。他认为在第一次世界大战中，海明威饱受心灵的创伤与折磨，一直无法自拔，其后他在西班牙斗牛场上兽性与残暴的竞技中找到了一块遁世之地。1937年初，他就是怀着这样一种不安的心情，重新回到他所曾经熟悉和热爱的西班牙的。

虽然，"海明威喜欢在酒吧间里和士兵们混在一起，而不爱和自命不凡的左翼知识分子来往……在弹痕累累的佛罗里达旅馆里，在外国记者、休假的国际纵队军官、五光十色的游客和妖艳的女人中间，他过的是一种并不那么真实的战地记者生活。他能和西班牙人熟练自然地交谈，但是他从来没有分享过他们的生活，不论在马德里，还是在战壕中。"

"再说到西班牙，海明威能够真实地、艺术地描绘他从外部看到的一切，但是他想作进一步的描绘。他希望分担西班牙的斗争。由于他和西班牙人没有共同的信念、共同的生活和共同的痛苦，他就只能根据他所熟悉的西班牙形象，在想象中把这一切塑造出来……"

"所以，我认为，海明威小说的内在的失败——在文学创作中反映西班牙战争的失败——是由于他虽然想当一个参加者，并以参加者身份来写作，他却一直是个旁观者。然而，旁观是不够的：要真实地写作就必须生活，而且必须感受到你所生活的内容。"[①]阿图罗·巴雷亚此文，是评论《丧钟为谁而鸣》的，但我认为这也可以拿来评论海明威其他有关西班牙内战的小说。《丧钟为谁而鸣》问世以后，美国批评界曾热闹了一段时间，有的著文捧场，认为这部小说是海明威的传世之作，但也有人浇了冷水，认为写得并不怎么好，还不及他写的一些短篇小说，如此等等。不过我以为说得最持平的，还是巴雷亚的文章，因为他说出了海明威作品中的基本态度：尽管他可以对一人一事一景写得精确无比，但他只是一个可靠的报道人，而不是一个与小说中人物同呼吸共命运的

---

[①]引自董衡巽编选的《海明威研究》。

人，因此，归根结底他只是一个旁观者。我以为在这本集子里，真正对海明威有切肤之感的文章，只有一篇，那就是我以之为代序的《哀在西班牙战死的美国人》。在这篇不到一千字的文章里，海明威以诚挚的语言，动人的笔触，哀悼那些反对法西斯、保卫马德里民主政府的死者们。可是，海明威为之悲痛关切的是去支援西班牙人民斗争的美国人，而不是为了自己求解放的西班牙人民。

也许读者们会讪笑我的出尔反尔，过去把海明威奉为斗士、英雄，而现在又来个一百八十度的转向，把他视作一个冷漠得可怕的旁观者。但我在看待这一事件和人物的过程，正说明历史发展对我所起的作用。如今我已看出海明威的弱点（即使看得不正确），而不把自己的意见写出来，我想这是对不起读者的。

那么，我又为何厚爱于海明威，而还要重译他的戏剧和小说呢？这里有我对海明威的偏爱，也有对他艺术的倾倒的因素在内。

1936年西班牙内战开始，我视西班牙人民掀起全世界争民主的浪潮为人类的希望。那时中国正在遭受日帝的侵略，我认为西班牙人民的斗争，也就是中国人民的斗争，因此我的身心经常为西班牙内战的形势所左右，政府军推进一个山头或马德里的一条街，我为之欣喜；他们的后退一步，我为之忧愁。到了1937年，我偶然在书店里买到一本厄普顿·辛克莱所写的《不许通过》，这是我第一次看到有关保卫马德里的小册子，我读了又读，为之流泪，为之振奋，而且更坚定了我对西班牙人民的同情。其时，日帝在华北发动了七七事变，而后战火又蔓延到上海，八一三的炮声揭开了中国的抗战，无形中就把西班牙内战和中日之战联系在一块了，中西两国人民都是国际法西斯主义的牺牲者。我一有空暇就翻译《不许通过》，我想这是本对我国抗战有帮助的文字。但在1938年初，我以一个偶然的机会，竟到了香港。虽然我人到异地，但中国军队退出上海后，日帝在闸北所燃起的熊熊大火，始终在我的胸头燃烧着。有一天，我在香港摆花街的一家小书店里看到了海明威的小说《告发》，我为小说的故事所感动，以后我又得到了其他两篇小说，我决心把它们翻译出来，因为这样的文学作品，对于我们鼓舞中国人民抗战，也是有好处的。

我爱上了海明威，其实那时我仅仅读过这三篇写马德里却柯特酒吧生活的小说，至于读他另外的作品，则是在1941年到重庆以后的事了。海明威是个文体家，他的行文非常简洁、质朴，他排除了一切用以渲染故事中人物情绪与行动的华丽辞藻。他要读者直接从人物的语调里把握人物的情绪和必须的行动，他不愿以作者的身份对故事中人物横加限制或渲染，或在文字上浓得化不开，从而影响读者；他要求读者从他的白描手法里，直接去体味或推想故事中人物的形象和感受。这就给予他的作品以一种独特的具有艺术魅力的风格。他在行文中对于使用形容词句可以说是最吝啬的了，他全力集中于人物的对话，从对话中透出人物的情绪与行动的变幻、气氛的浓淡。评论家认为他的散文一扫19世纪小说家那样冗长繁琐的文风，而开创了一个新天地。

如以《哀在西班牙战死的美国人》一文而言，他只写了躺在西班牙土地里的死者，用"冷冷地"三个字便寄托了他对于这些死了的英雄们以无限哀思，令人感动，令人怀念。这也可看出他炼字的功力了。这种惜墨如金的笔触，实在是值得我们学习和揣摩的。而这本集子里的故事，虽已成陈迹，海明威毕竟反映了当年西班牙人民为保卫民主传统而流尽鲜血的史实，对我们今天建设社会主义的斗争事业，也还有可以借鉴的地方，因此我还是加以重译出版。

也许这只是我的怀旧病，但愿我没有白费时间。

冯亦代

1981年11月12日

**图书在版编目（CIP）数据**

第五纵队 /（美）海明威著；冯亦代译. —— 南昌：
百花洲文艺出版社, 2014.5
（外国文学经典阅读丛书. 美国文学经典）
ISBN 978-7-5500-0927-1

Ⅰ.①第… Ⅱ.①海… ②冯… Ⅲ.①长篇小说 – 美
国 – 现代 Ⅳ.①I712.45

中国版本图书馆CIP数据核字(2014)第072420号

## 第五纵队

［美］海明威　著

冯亦代　译

出 版 人　姚雪雪
责任编辑　余　茁　胡志敏
美术编辑　彭　威
出版发行　百花洲文艺出版社
社　　址　南昌市红谷滩世贸路898号博能中心A座9楼
邮　　编　330038
经　　销　全国新华书店
印　　刷　江西千叶彩印有限公司
开　　本　787mm×1092mm　1/16　　印张　12
版　　次　2014年9月第1版第1次印刷
字　　数　150千字
书　　号　ISBN 978-7-5500-0927-1
定　　价　20.00元

赣版权登字　05-2014-108

邮购联系　0791-86895108
网　　址　http://www.bhzwy.com
图书若有印装错误，影响阅读，可向承印厂联系调换。